KB142277

신데렐라

샤를 페로 단편선

신데렐라

샤를 페로 단편선

샤를 페로 지음 | 최헵시바 옮김

더클래식

차례

신데렐라, 혹은 작은 유리 구두

어느 먼 옛날 어떤 남자가 살고 있었습니다. 그는 이제까지 본 사람들 중 가장 거만하고 오만한 여자와 재혼했습니다. 여자에게는 제멋대로인 두 딸이 있었습니다. 두 딸들 또한 어머니와 모든 면에서 닮아 있었습니다. 남자에게도 전 부인의 성격을 쏙 빼닮은 딸이 하나 있었습니다. 여자의 딸들과 반대로 그녀는 세상에서 가장 아름다웠던 어머니를 닮아 부드럽고 좋은 성격을 가지고 있었습니다.

결혼하고 얼마 지나지 않아 계모가 본색을 드러내기 시작했습니다. 남편이 데려온 착한 딸의 좋은 성격 때문에 자신의 딸들이 훨씬 더 나빠 보이는 것을 그냥 두고 볼 수 없었습니다. 계모는 착한 딸에게 집에서 가장 비천한 일들을 시켰습니다. 설거지도 착한 딸의 몫이었고, 계모나 두 딸들의 방으로 이어지는 계단을 청소하는 일도 그녀의 몫이었습니다. 그녀는 집의 다락방에서 지푸라기를 깔고 잤습니다. 반면 계모의 두 딸들은 마루가 잘 깔린 방에서 생활했으며, 가장 좋은 침대와 머리부터 발끝까지 볼 수 있는 거울도 가지고 있었습니다. 이 가엾은 착한 딸은 인내심을 가지고 견뎌냈습니다. 행여 아버지께 사실대로 다 말씀드린다고 해도, 계모가 아버지를 휘어잡고 있었기에 아버지는 오히려 화를 내실 게 분명했기 때문입니다.

그녀는 일을 할 때면 언제나 굴뚝 구석의 잿더미 위에 자리 잡았습니다. 그래서 집에서는 모두 그녀를 재투성이라고 불렀습니다. 그리고 첫째보다 훨씬 무례한 둘째 딸은 그녀를 조롱하기 위해 '신데렐라'라고 불렀습니다. 하지만 허름한 옷을 입은 신데렐라는 비싸고 화려한 옷을 입은 언니들보다 백배는 더 예뻤습니다.

어느 날 왕자가 무도회를 열고 마을의 모든 사람들을 초대했습니다. 나라에서 영향력이 컸던 계모의 두 딸들 역시 초대되었습니다. 이들은 무척 만족하며 자신에게 어울릴 옷과 모자들을 고르느라 여념이 없었습니다. 수많은 옷들을 다리고 예쁘게 주름을 잡아야 했던 신데렐라는 다시금 고통스러웠습니다. 계모와 두 딸들은 하루 종일 어떤 옷을 입어야 할지에 대해서만 이야기했습니다.

첫째 딸이 말했습니다.

"저는 붉은 벨벳 드레스에 프랑스풍의 장식을 달겠어요."

둘째 딸이 말했습니다.

"저는 평범한 치마를 입겠어요. 대신 그 위에는 금빛 꽃장식이 있는 망토를 걸치고, 가슴에는 다이아몬드를 달 거예요. 그러면 가장 독특해 보일 거예요."

그녀들은 가장 실력이 좋은 미용사를 불러 머리를 만졌고, 가장 유명한 사람이 만든 장식품을 샀습니다. 그리고 신데렐라를 불러 의견을 물었습니다. 신데렐라가 옷에 대한 감각이

있었기 때문이었습니다. 신데렐라는 두 딸들이 원하는 대로 최선을 다해 그들에게 조언해 주었고 직접 머리도 잘라 주었습니다.

머리를 자르면서 그녀들은 신데렐라에게 물었습니다.

"신데렐라, 너 무도회에 갈 준비는 되어 있니?"

"이런, 언니들, 날 놀리지 마세요. 제가 있어야 할 곳은 무도회가 아니에요."

"맞는 말이야. 무도회에서 재투성이를 본다면 모두들 비웃을 거야."

신데렐라가 아니고서는 아무도 그녀들의 엉망인 머리를 자르지 못했을 것입니다. 그녀는 잘해냈습니다. 완벽하게 잘 자른 것이었습니다. 두 딸들은 기쁨에 겨워 이틀 가까이 아무것도 먹지 않았습니다. 더 날씬해 보이기 위해 코르셋을 조이다가 열두 개의 끈이 끊어지기도 했습니다. 그녀들은 언제나 거울 앞에 있었습니다.

마침내 기쁨의 날이 왔습니다. 사람들은 떠났습니다. 신데렐라는 최대한 오랫동안 그녀들을 눈으로 좇았습니다. 더는 보이지 않게 되자 신데렐라는 울음을 터뜨렸습니다. 한없이 눈물을 흘리는 그녀를 본 요정 대모가 무슨 일이냐고 물었습니다.

"저는…… 저는……."

신데렐라는 울음을 그칠 줄 몰랐습니다. 대모는 그녀에게 말했습니다.

"너도 무도회에 가고 싶구나. 그렇지?"

신데렐라가 한숨을 쉬며 대답했습니다.

"네……."

그러자 대모가 말했습니다.

"착하지. 널 무도회에 가게 해 줄게."

그리고 대모는 신데렐라를 방으로 데리고 가서 말했습니다.

"마당으로 가서 나에게 호박 하나를 건네주렴."

신데렐라는 곧바로 가장 어여쁜 호박 하나를 대모에게 가져다주었습니다. 그렇지만 그 호박이 어떻게 무도회장에 그녀를 데려다 줄지는 전혀 상상하지 못했습니다. 대모는 호박을 들고는 껍질만 남기고 속을 파냈습니다. 그리고 지팡이로 몇 번 두드리니 호박은 곧 금빛 마차로 변했습니다.

그리고 대모는 쥐덫을 살펴보았습니다. 아직 살아 있는 여섯 마리의 쥐들이 쥐덫에서 버둥거리고 있었습니다. 대모는 신데렐라에게 쥐들을 꺼내라고 말했습니다. 대모가 지팡이를 휘두르자 흰색과 회색 점이 뒤섞인 쥐들이 각각 멋진 말들로 변하는 것이었습니다. 마침내 여섯 마리의 말이 이끄는 근사한 마차가 완성되었습니다. 하지만 마부가 없었습니다. 신데렐라가 말했습니다.

"쥐덫에 잡힌 다른 쥐들이 없는지 더 보고 올게요."

대모가 말했습니다.

"그래, 보고 오렴."

신데렐라는 쥐덫에서 세 마리의 큰 쥐들을 찾았습니다. 요정은 세 마리 중 큰 수염이 있는 쥐 하나를 잡아다가 지팡이로 건드렸습니다. 그러자 쥐는 곧 멋진 콧수염을 가진 큰 마부로 변했습니다. 그리고 그녀는 말했습니다.

"정원으로 가 보렴. 물뿌리개 뒤에 도마뱀 여섯 마리가 있을 거야. 좀 가져다주겠니?"

오래지 않아 신데렐라는 도마뱀을 가져왔고, 대모는 그들을 여섯 하인으로 변하게 했습니다. 그들은 화려한 차림을 하고 마차 뒤편에 올라탔습니다. 마치 평생 하인 노릇밖에 해 본 적이 없는 것 같았습니다. 요정은 신데렐라에게 말했습니다.

　"자, 이제 무도회장으로 갈 수 있단다. 이제 조금 마음이 놓이니?"

　"네. 하지만 이렇게 허름한 차림으로 가도 될까요?"

　대모는 지팡이를 조금 휘둘렀습니다. 그러자 신데렐라의 옷차림이 온갖 보석으로 장식된 금과 은의 옷으로 바뀌었습니다. 그리고 대모는 그녀에게 세상에서 가장 아름다운 유리 구두 한 켤레를 선물했습니다. 모든 준비를 마친 신데렐라는 마차에 올랐습니다. 대모는 그녀에게 이 모든 마법이 자정에 풀릴 것이라고 말했습니다. 무도회장에서 조금이라도 꾸물댄다면 마차는 호박으로 변할 것이고, 말들은 쥐로, 하인들은 도마뱀으로, 그리고 그녀의 옷은 이전과 같이 허름하게 변할 것이라고 경고했습니다. 신데렐라는 대모에게 자정 전에 무도회장에서 나오리라 약속했습니다. 그리고 초조하게 길을 나섰습니다.

왕자는 이전까지는 전혀 모르고 있었던 멋진 공주가 나타나자 달려가서 그녀를 맞았습니다. 그녀가 마차에서 내릴 때 손을 건네주며 무도회장으로 데려갔습니다. 무도회장에는 기나긴 침묵이 이어졌습니다. 모두들 춤추는 것과 바이올린 연주도 멈추고 여태껏 본 적 없는 아름다운 여인을 주시했습니다. 그저 혼란에 가득 찬 소리밖에 들리지 않았습니다.

"어머, 저 사람 정말 아름답다!"

늙은 왕은 그녀를 바라보다 결국 왕비에게 말하고야 말았습니다.

"저렇게 아름답고 사랑스러운 사람을 본 지가 정말 오래되었소."

모든 여인들은 그녀의 머리와 옷에 대해 이야기했습니다. 다음 날 그녀처럼 아름답게 치장하기 위해서였습니다.

왕자는 가장 명예로운 자리에 신데렐라를 앉혔습니다. 그리고 그녀와 함께 춤을 췄습니다. 그녀는 무척 우아하게 춤을 췄습니다. 그러자 사람들은 더욱 감탄하며 바라보았습니다. 곧 간단한 간식이 주어졌습니다. 하지만 신데렐라를 보느라 정신이 없던 왕자는 한 입도 먹지 않았습니다. 신데렐라는 언니들 옆에 앉았습니다. 언니들은 상당히 부끄러워했습니다. 신데렐라는 왕자가 준 오렌지와 레몬 몇 조각을 언니들에게 권했지만, 그 여인이 신데렐라인 것을 눈치채지 못했던 언니들은 무척 놀랐습니다. 언니들이 이 미지의 여인에 대한 이야기를 하고 있을 때 신데렐라는 시계가 11시 45분을 알리는 소리를 들었습니다. 신데렐라는 즉시 왕자에게 공손히 인사한 다음 최대한 빨리 그곳을 빠져나왔습니다.

집에 돌아오자마자 신데렐라는 대모를 찾아 고마움을 표했습니다. 그리고 왕자의 간청으로 다음 날에 있을 무도회에도 갔으면 좋겠다고 말했습니다. 이렇게 무도회에서 있었던 모든 일들을 대모에게 말하고 있을 때 두 언니들이 문을 두드렸습니다. 신데렐라는 문을 열어 그들을 맞으며 말했습니다.

"늦게 돌아오셨네요!"

신데렐라는 자다 일어난 것처럼 보이기 위해 하품을 하며 눈을 비비고는 기지개를 켰습니다. 사실은 두 언니들이 나가고 난 뒤부터 전혀 자고 싶은 마음조차 없었는데 말입니다.

언니들 중 한 명이 말했습니다.

"너도 무도회에 왔더라면 지루하지 않았을 텐데. 세상에서 가장 아름다운 공주님이 오셨거든. 정말 두 번 다시 보지 못할 아름다움이었어. 우리에게 친절하게 대해 주시고 말이야. 오렌지와 레몬까지 줬다니까."

신데렐라는 기쁨에 겨웠습니다. 그리고 그 공주의 이름이 무엇인지 물었습니다. 하지만 언니들은 모른다고 했습니다. 왕자도 그녀의 이름을 무척이나 알고 싶었기 때문에 그녀가 누군지 알아내기 위해서 어떤 일이든 하겠다고 했다는 것입니다.

신데렐라는 웃으며 언니들에게 말했습니다.

"그 공주님이 그렇게나 예뻤나요? 세상에, 언니들 무척 행복해 보여요! 전 그 공주님을 볼 수 없을까요? 아아! 예보트 언니, 언니가 매일 입는 노란색 원피스를 빌려 주시겠어요?"

그러자 예보트가 대답했다.

"그래, 좋은 생각이야! 이렇게 더러운 신데렐라에게 내 옷을 빌려 준다면 내가 정말 미친 거지."

신데렐라는 자신이 원했던 대답을 듣고 마음이 놓였습니다. 정말로 언니가 신데렐라를 위해 옷을 빌려 주었다면 무척 당황했을 것입니다.

다음 날, 두 언니들은 무도회장에 갔습니다. 신데렐라도 이번에는 처음보다 훨씬 더 예쁘게 치장을 하고 무도회장으로 향했습니다. 왕자는 신데렐라의 옆에 달라붙어서 끊임없이 감미로운 말을 건넸습니다. 즐거움에 들뜬 신데렐라는 대모가 했던 말을 잊어버렸습니다. 아직 11시밖에 되지 않았다고 생각했는데 자정을 알리는 열두 번의 종소리가 시작되었습니다. 그녀는 벌떡 일어나 마치 사슴처럼 재빨리 달아났습니다. 왕자는 그녀를 뒤쫓았지만 잡을 수 없었습니다. 그렇지만 그녀가 서두르다 유리 구두 한 짝을 흘리고 가 버렸습니다. 왕자는 그 구두를 조심스럽게 집어 들었습니다. 신데렐라는 숨을 헐떡이며 집에 도착했습니다. 마차도 하인도 없이 더러운 옷으로 돌아온 그녀에게는 아무것도 남아있지 않았습니다. 오직 반쪽을 잃은 낡은 슬리퍼만이 전부였습니다. 왕자는 성문을 지키는 경비원들에게 혹시 공주가 나가는 걸 보았냐고 물어보았습니다. 하지만 그들은 허름한 옷을 입은 시골 소녀밖에는 보지 못했다고 대답했습니다.

두 언니들이 무도회장에서 돌아왔습니다. 신데렐라는 오늘도 즐거웠는지, 그 아름다운 공주가 오늘도 왔는지 물었습니다. 언니들이 말했습니다.

"응. 그런데 자정을 울리는 종소리가 들리자마자 그 공주가 달아났어. 급히 서두르는 바람에 유리 구두 하나를 흘리고 가버렸지 뭐야. 정말 예쁜 유리 구두였어. 왕자님이 유리 구두를 주워 가셨지. 그리고 그 후에는 아무에게도 눈길을 주지 않으셨어. 분명 그 유리 구두의 주인과 사랑에 빠지셨을 거야."

그 말은 사실이었습니다. 며칠 지나지 않아 왕자가 그 유리 구두에 딱 맞는 발을 가진 사람과 결혼하겠다고 공표한 것이었습니다. 모든 공주와 공작 부인이 유리 구두를 신어 보았지만 아무 소용이 없었습니다. 그리고 유리 구두는 두 언니들의 집으로 왔습니다. 언니들은 유리 구두 안으로 발을 우겨 넣어 보았지만 도저히 뒤꿈치까지 넣을 수가 없었습니다. 자신의 신발을 알아본 신데렐라는 언니들을 보고는 웃으며 말했습니다.

"저도 그 유리 구두가 맞는지 신어 볼래요!"

언니들은 웃음을 터뜨리며 신데렐라를 놀렸습니다. 유리 구두를 들고 있던 신사는 신데렐라를 유심히 바라보고는 그녀가 무척 아름답다는 것을 깨달았습니다. 그리고 말했습니다.

"신어 봐야 합니다. 나라 안의 모든 여인이 이 유리 구두를 신어 보셔야 한다는 명령입니다."

그는 신데렐라를 앉히고 그녀의 발 옆에 유리 구두를 놓았습니다. 신데렐라의 발은 마치 왁스칠을 한 듯이 유리 구두 속으로 미끄러졌습니다. 두 언니들은 몹시 놀랐습니다. 그러나 신데렐라가 다른 쪽 유리 구두를 주머니에서 꺼내는 것을 보며 아연실색했습니다. 대모가 와서 지팡이를 흔들었더니 신데렐라의 더러운 옷이 무척 아름다운 모습으로 변했기 때문입니다.

두 언니들은 무도회에서 봤던 아름다운 여인을 눈앞에서 다시 보게 되었습니다. 그녀들은 신데렐라에게 무릎을 꿇고는 그녀를 고통스럽게 했던 모든 나쁜 행동들을 용서해 달라고 빌었습니다. 신데렐라는 언니들을 일으켜 안으며 말했습니다.

"언니들을 이미 용서했어요. 그저 앞으로 언제나 절 사랑해

주세요."

신데렐라는 왕자에게로 갔습니다. 그녀는 전보다 훨씬 더 아름다워 보였습니다. 그리고 얼마 후 그들은 결혼했습니다. 아름답고 마음까지 착했던 신데렐라는 언니들을 왕궁에 머무르게 했고, 바로 그날 궁정의 두 높은 귀족들과 언니들을 결혼하게 해 주었습니다.

잠자는 숲 속의 공주

　어느 먼 옛날, 어떤 왕과 왕비가 살고 있었습니다. 왕과 왕비는 아무리 노력해도 아이를 가질 수 없어 큰 슬픔에 잠겨 있었습니다. 그들은 아이를 낳는 데 효험이 있다는 호수를 찾아다녔습니다. 하지만 아무리 순례를 하면서 기도해도 그들의 소원은 이루어지지 않았습니다. 그러다 마침내 왕비가 임신하여 공주를 낳았습니다. 왕과 왕비는 공주의 세례식을 성대하게 열었습니다. 왕국에 살고 있던 일곱 요정들 모두가 공주의 대모가 되었습니다. 그리고 그 시절 요정들의 관습대로 대모가 된 요정들은 공주에게 각자 선물을 주기로 했습니다. 공주는 누구보다도 완벽한 여자가 될 터였습니다.

공주의 세례식이 끝나자 손님들은 왕궁으로 돌아가 요정들을 위해 준비된 큰 연회에 참석했습니다. 요정들이 앉을 자리에는 화려한 덮개로 꾸민 금으로 된 상자가 놓여 있었고, 상자 안에는 다이아몬드와 루비로 장식된 순금 수저와 칼, 그리고 포크가 들어 있었습니다. 이들이 각자 자리에 앉았을 때, 늙은 요정 하나가 연회장에 들어왔습니다. 늙은 요정은 연회에 초대받지 못한 손님이었습니다. 오십 년쯤 전부터 어떤 탑에 틀어박혀 전혀 밖으로 나오지 않았기에 모두 그녀가 죽었거나 마법에 걸렸다고 생각한 탓이었습니다. 왕은 늙은 요정에게도 선물 상자를 주었지만 다른 요정들처럼 금으로 된 상자에 선물을 담아 주지는 못했습니다. 금으로 된 상자를 이미 초대된 요정들의 수에 맞추어 일곱 개만 만들어 두었기 때문입니다. 늙은 요정은 자신이 무시당했다고 생각하며 위협적인 말을 중얼거렸습니다. 늙은 요정의 옆에 앉아 있던 젊은 요정은 그녀의 중얼거림을 듣고는, 그녀가 공주에게 불운을 선물할지도 모른다고 생각했습니다. 젊은 요정은 연회가 끝나자마자 커튼 뒤로 몸을 숨겼습니다. 늙은 요정이 세상에서 가장 악한 저주를 내리면 그 저주를 풀기 위해서였습니다.

이제 연회에 초대된 모든 요정들이 공주에게 선물을 주기 시작했습니다. 제일 어린 요정은 공주가 세상에서 가장 아름다운 여인이 되리라고 축복했습니다. 두 번째 요정은 공주에게 천사와 같은 재치를, 세 번째 요정은 그녀가 하는 모든 일에 신의 은총을, 네 번째 요정은 완벽한 춤 솜씨를, 다섯 번째 요정은 밤꾀꼬리처럼 고운 노래 솜씨를, 여섯 번째 요정은 완벽한 악기 연주 실력을 각기 선물했습니다.

그렇게 늙은 요정의 차례가 되었습니다. 늙은 요정은 나이 때문에 가누기 힘든 고개를 들며 이렇게 말했습니다.

"공주가 물렛가락의 뾰족한 끝에 손을 찔리면 그 상처로 인해 죽으리라!"

늙은 요정의 끔찍한 말에 그 자리에 모인 모든 이들이 몸을 떨며 울기 시작했습니다. 바로 그 순간, 젊은 요정이 커튼 뒤에서 나와 큰 목소리로 이렇게 말했습니다.

"왕이시여, 여왕이시여, 안심하소서. 그대들의 따님은 그렇게 죽지 않을 것입니다. 제가 늙은 요정의 저주를 완전히 풀수는 없습니다. 그러니 공주께서는 언젠가 반드시 물렛가락에 손을 찔리시겠지요. 하지만 공주는 죽음 대신 깊은 잠에 빠지게 될 것입니다. 잠은 백 년 동안 이어질 것이며, 왕의 아들이 그녀의 잠을 깨우게 될 것입니다."

왕은 늙은 요정이 예언한 불운을 피하려고 백성들에게 물렛가락과 실패를 쓰지 못하게 했습니다. 그리고 집에 물렛가락을 두는 것도 금지했습니다.

그렇게 십오 년에서 십육 년쯤이 흘렀습니다. 왕과 왕비가 잠든 사이, 이제 아가씨가 된 공주는 왕궁 안을 돌아다니다 어떤 탑의 맨 꼭대기에 있는 좁은 방을 발견했습니다. 좁은 방에서는 노파가 물렛가락으로 실을 잣고 있었습니다. 노파는 왕이 물렛가락을 쓰지 못하도록 명령한 것을 모르고 있었습니다. 공주는 호기심에 노파에게 물었습니다.

"여기서 무엇을 하고 계세요?"

"실을 잣고 있단다, 아가."

노파는 공주를 알아보지 못한 채 대답했습니다. 그러자 공주가 말했습니다.

"아! 참으로 예쁘네요. 어떻게 하는 건가요? 저도 해 보고 싶어요. 제게도 주시겠어요?"

하지만 지나치게 서두른 탓인지, 아니면 정말로 요정들이 건 주문 탓인지는 알 수 없었지만, 공주는 물렛가락을 받자마자 그 끝에 손을 찔리고 말았습니다. 그리고 그 자리에서 정신을 잃고 쓰러졌습니다.

노파는 어쩔 줄 몰라 도와달라고 소리쳤습니다. 그 소리를 듣고 많은 사람들이 좁은 방으로 올라왔습니다. 그러고는 정신을 잃은 공주의 얼굴에 찬물을 끼얹기도 하고, 꽉 끼는 옷을 헐겁게도 해 보았으며, 공주의 관자놀이에 헝가리 워터(로즈마리, 마조람, 페니로열, 레몬, 라벤더 등을 주재료로 한 유럽 최초의 현대식 향수. 치료제로도 사용됨_옮긴이)를 발라 보기도 했습니다. 하지만 공주는 어떤 방법으로도 깨어나지 않았습니다.

노파의 비명 소리에 왕도 잠에서 깨어났습니다. 왕은 이전에 요정들이 한 예언을 떠올리고는 급히 비명 소리가 난 곳으로 향했습니다. 왕은 공주를 왕궁에서 가장 좋은 방으로 데려와 금과 은으로 장식된 침대 위에 그녀를 눕혔습니다. 공주의 잠든 모습은 천사처럼 아름다웠습니다. 뺨은 카네이션처럼 발그레했고 입술은 산호처럼 붉었습니다. 공주는 눈을 감고 있었지만, 다행히도 부드럽게 숨을 쉬고 있었습니다. 공주가 죽지 않았다는 데 모두가 안도했습니다. 왕은 스스로 깨어날 때까지 공주를 놓아두라고 명령했습니다.

그 때, 공주를 백 년 동안 잠들게 하여 죽음에서 지켜 주었던 젊은 요정은 왕국으로부터 500킬로미터나 떨어진 마타킨 왕국에 가 있었습니다. 다행히도 요술 부츠를 가지고 있던 난쟁이가 공주가 사고를 당했다는 소식을 요정에게 전해 주었습니다. 요술 부츠는 신으면 한 걸음에 3킬로미터를 걸을 수 있었습니다. 젊은 요정은 그 소식을 듣고 용들이 끄는 불타는 전차를 몰며 한 시간 만에 왕국에 도착했습니다.

왕은 젊은 요정을 마중하면서 그간 있었던 일을 들려주었습니다. 젊은 요정은 왕의 현명한 판단을 칭찬했습니다. 뛰어난 선견지명을 갖고 있던 요정은 공주가 먼 미래에 깨어나면

혼자 깨어나 두렵고 당황할 거라고 생각했습니다. 그래서 젊은 요정은 왕과 왕비를 제외한 왕궁 안의 모든 것들에 자신의 마법 지팡이로 마법을 걸기 시작했습니다. 그렇게 공주의 가정교사와 시녀들, 궁녀들과 시종들, 군인들과 관리인들, 요리사들과 요리사 보조들과 설거지꾼들, 호위병들과 문지기들, 시동들과 하인들이 차례로 그녀의 마법에 걸렸습니다. 요정은 마구간 안의 모든 말들과 마부들은 물론, 정원의 큰 개들과 공주의 침대 머리맡에 엎드려 있던 자그마한 스패니얼 애완견 푸프에게도 마찬가지로 마법을 걸었습니다.

　젊은 요정이 건드리자마자 이들은 모두 깊은 잠에 빠졌습니다. 그들도 공주와 함께 잠들었다가 그녀가 깨어나면 계속해서 시중을 들어야 했기 때문이었습니다. 자고새와 꿩도 구워낼 만큼 크게 타오르던 난롯불도 잠들었습니다. 이 모든 일은 순식간에 일어났습니다. 요정은 모든 것을 순식간에 해낼 수 있었습니다.

　이제 왕과 왕비도 깨어나지 않은 딸에게 작별의 키스를 하고서 왕궁을 나왔습니다. 그리고 국민들에게 왕궁 근처에 다가오지 못하도록 명령했습니다. 그러나 명령할 필요는 없었습니다. 15분도 지나지 않아 왕궁 주변에 크고 작은 나무와 수풀이 자라나기 시작하더니 서로 이리저리 뒤얽혀 사람은 물론 짐승도 지나갈 수 없었습니다. 왕궁도 저 멀리 맨 꼭대기의 탑을 빼고는 무성한 수풀에 가려졌습니다. 그렇게 모든 것은 숨겨졌습니다. 국민들은 잠든 공주를 낯선 이들로부터 지키기 위해 젊은 요정이 재주를 부렸다는 사실을 믿게 되었습니다.

  그렇게 백 년이 지났습니다. 그때 나라를 다스리던 왕의 아들이자 잠자는 공주의 먼 친척뻘 되는 왕자가 왕궁 근처로 사냥을 나왔다가 무성한 수풀 위의 탑을 보고 무엇이냐고 물었습니다. 그의 질문에 사람들은 자신이 그동안 들었던 소문을 왕자에게 들려주었습니다. 어떤 이들은 그것이 유령이 사는 고성의 폐허라고 했고, 또 어떤 이들은 온 나라의 마법사들과 마녀들이 밤마다 사바스라는 축제를 여는 곳이라고도 했습니다. 그리고 대부분은 성에 아이들을 잡아먹는 괴물들이 살고 있다고 했습니다. 괴물들만이 저 울창한 숲을 헤치고 나아갈 수 있기에, 괴물들이 배가 고플 때마다 어린 아이들을 잡아 성으로 데려가 잡아먹는다는 것이었습니다.

왕자는 무엇을 믿어야 할지 알 수 없었습니다. 그때 나이 든 시골 사람 하나가 그에게 이렇게 말해 주었습니다.

"왕자님, 오십 년 전쯤 저의 아버지가 이렇게 말한 적이 있었습니다. 이 성 안에는 사람들이 본 여인들 중에서 가장 아름다운 공주가 잠들어 있다고 말입니다. 이 공주는 백 년 동안 잠들어 있다가 짝이 될 만한 왕의 아들이 오면 깨어날 것이랍니다."

젊은 왕자는 그 말을 듣자마자 사랑의 불길에 사로잡혔습니다. 바로 자신이 이 이야기의 종지부를 찍을 왕자라는 것에 한 치의 의심도 갖지 않았습니다. 그래서 사랑과 명예를 걸고 저 덤불숲 안으로 들어가기로 했습니다.

왕자가 숲 앞으로 다가서자마자 놀랍게도 커다란 나무들과 수풀, 가시덤불이 저절로 길을 열어 주었습니다. 그는 큰길가에서 보았던 성으로 발걸음을 떼기 시작했습니다. 그리고 왕자는 자신을 따라오던 사람들이 갑자기 사라진 것을 보고 조금 놀랐습니다. 왕자가 지나자마자 덤불 사이로 난 길이 다시

저절로 닫히며 그를 따르던 사람들을 막아 버린 것이었습니다. 하지만 왕자는 멈추지 않고 앞으로 나아갔습니다. 사랑에 빠진 젊은 왕자는 언제나 용감한 법이기 때문이었습니다.

　얼마 지나지 않아 왕자는 성의 넓은 정원에 이르렀습니다. 아주 용감한 사람조차 공포로 얼어붙을 만한 광경이 펼쳐져 있었습니다. 성 안은 소름 끼치는 침묵만이 가득했습니다. 죽은 것처럼 보이는 사람과 동물들의 몸이 여기저기에 널려 있었습니다. 죽음의 징조가 드러난 것만 같았습니다. 그래도 왕자는 정신을 차렸습니다. 문지기의 혈색 좋은 얼굴과 여드름 투성이의 코를 보고는 그들이 단지 잠든 것뿐임을 알아차렸습니다. 그들이 가지고 있던 와인 잔에는 와인 몇 방울이 남아 있었습니다. 마치 이들이 한참 와인을 마시다가 잠든 것처럼 말입니다.

　왕자는 대리석이 깔린 앞마당을 지나 계단을 올라가서 호위병실에 이르렀습니다. 줄지어 선 호위병들이 총을 어깨에 맨 채 큰 소리로 코를 골며 잠들어 있었습니다. 왕자는 귀족들로 가득한 방을 지났습니다. 그 안을 가득 메운 신사와 숙녀들도 앉거나 선 채로 잠들어 있었습니다. 그리고 마침내 왕자는 온통 금으로 장식된 방에 이르렀습니다. 방 한구석에는 커튼을 건 침대가 하나 놓여 있었습니다. 그 위에서 왕자는 일평생 본 것들 중 가장 아름다운 보물을 발견했습니다. 열대여섯쯤 되어 보이는 공주가 성스럽고 눈부신 미모를 자랑하며 침대 위에 잠들어 있었던 것입니다. 왕자는 그녀의 아름다움에 감탄하며 떨리는 발걸음을 옮겼습니다. 그리고 그녀의 침대 곁에서 무릎을 꿇었습니다.

왕자가 그를 사로잡은 황홀경에서 벗어날 무렵 공주가 눈을 떴습니다. 공주는 첫인상보다도 더욱 부드럽고 아름다운 눈으로 왕자를 바라보며 말했습니다.

"드디어 오셨군요, 나의 왕자님. 드디어 오셨어요."

공주의 말에 왕자는 아무 말도 할 수 없었습니다. 그 순간 느낀 기쁨과 감사의 마음을 표현하고 싶었지만 마법에라도 걸린 듯 입이 떨어지지 않았습니다. 그저 공주를 자신보다도 더 아끼고 사랑하겠다고 맹세하고, 또 맹세할 뿐이었습니다. 그의 말에는 전혀 조리가 없었지만 그래도 공주는 왕자의 말을 듣고 기뻐했습니다. 입에 발린 소리가 아닌, 크나큰 사랑으로 가득한 말이었기 때문입니다. 게다가 공주는 낯선 왕자를 보고도 전혀 당황하지 않았습니다. 당연한 일이었습니다. 공주는 잠들어 있던 긴 시간 동안 왕자에게 무슨 말을 할지 생각했던 것입니다. 게다가 역사에는 기록되어 있지 않지만, 분명 젊은 요정은 공주가 잠든 동안 즐거운 꿈을 선사했을 것입니다. 어쨌든 그들은 네 시간이나 이야기를 나누면서도 정작 하고 싶은 말은 반절도 털어놓지 못했습니다.

그러는 사이 공주의 왕궁도 잠에서 깨어나기 시작했습니다. 모두가 각자 해야 할 일을 떠올렸습니다. 그리고 모두가 공주처럼 사랑에 빠진 것은 아니었기에, 그들은 이내 엄청난 허기에 사로잡혔습니다. 시녀장은 날카로운 배고픔에 자제력을 잃었고 역시 굶주림에 다급했던 시녀는 화가 난 듯 큰 소리로 공주에게 저녁 식사가 준비되었다고 알렸습니다. 왕자는 공주가 자리에서 일어날 수 있도록 부축해 주었습니다. 공주는 머리부터 발끝까지 어마어마한 옷을 입고 있었습니다. 왕자는 그녀가 입고 있는 두터운 컬러에 장식까지 달린 옷이 자신의

증조할머니 옷과 비슷하다는 말을 꺼내지 않으려고 조심했습니다. 유행에 뒤처진 옷조차 공주의 아름다움과 매력을 숨기지 못했습니다.

왕자와 공주는 거울로 장식된 넓은 홀에서 식사를 했습니다. 공주의 하인들도 잠에서 깨어나 두 사람의 시중을 들었습니다. 악단은 바이올린과 오보에로 오래된 곡을 연주했습니다. 백 년 전에나 연주되던 음악이었지만 여전히 훌륭했습니다. 그렇게 훌륭한 만찬이 끝나자 왕궁의 전속 신부가 성당에서 왕자와 공주를 결혼시켰습니다. 그들은 잠조차 아껴 가며 행복한 첫날밤을 보냈습니다. 백 년이나 잠들었던 공주는 더는 잠들 필요가 없었기 때문입니다. 왕자는 다음 날 그녀의 곁을 떠나 수도로 돌아갔습니다. 그의 아버지인 왕은 간밤에 왕자가 어디서 지냈는지를 물었습니다. 왕자는 그의 물음에 사냥을 하던 도중 길을 잃었다고 둘러댔습니다. 그리고 간밤에 광부의 집에서 치즈와 거친 빵을 대접받으며 지냈다고도 덧붙였습니다.

왕은 왕자의 말에 쉽게 속아 넘어갔습니다. 그러나 그의 어머니인 왕비는 그의 말을 믿지 않았습니다. 왕자는 거의 매일 같이 사냥을 나갔고, 적당한 핑계를 붙여 가며 사나흘씩 궁궐을 비웠습니다. 그 모습을 보며 왕비는 아들에게 연인이 생겼음을 확신했습니다. 그렇게 2년이 흘렀습니다. 왕자와 공주 사이에는 두 명의 아이들까지 생겼습니다. 첫째는 오로라라는 이름의 딸이었고, 둘째는 쥬르라는 이름의 아들이었습니다. 쥬르는 자신의 누나보다 훨씬 아름다웠습니다.

그동안 왕비는 젊은 시절에 삶의 기쁨을 마음껏 누려야 한다며 아들인 왕자의 마음을 떠 보았습니다. 그래도 왕자는 비밀을 털어놓지 않았습니다. 왕자가 어머니를 사랑하지 않는 것은 아니었지만 그녀가 식인 괴물이었기 때문에 말하기가 두려웠습니다. 왕조차 엄청난 보물이 아니었다면 그녀와 결혼하지 않았을 것입니다. 게다가 궁정에는 왕비가 식인 괴물의 습성을 여전히 버리지 못했다는 소문까지 돌았습니다. 어린아이를 볼 때마다 잡아먹고 싶어 안달이 난다는 것입니다. 그래서 왕자는 공주와 아이들에 대해 한 마디도 할 수 없었습니다.

그렇게 다시 2년이 흘러 왕이 죽었습니다. 그리고 왕자가 새로운 왕이 되었습니다. 그는 자신이 결혼하였음을 밝히고서 성대한 혼례식과 함께 공주를 자신의 왕비로 삼았습니다. 젊은 왕과 왕비는 화려한 축제 행렬과 함께 수도에 입성하였습니다. 새 왕비의 아이들도 그녀의 곁에 있었습니다.

그리고 얼마 후, 새로운 왕은 이웃의 캉탈라뷔트 황제에게 전쟁을 선포했습니다. 그는 전쟁터로 떠나면서 이제 대비가 된 자신의 어머니에게 나라의 살림을 맡기며 자신의 아내인 왕비와 두 아이들도 잘 돌봐 달라고 부탁했습니다. 전쟁은 그 해 여름 내내 계속될 듯했기 때문입니다. 그러나 새로운 왕이 떠나자마자 대비는 왕비와 그녀의 두 아이를 깊은 숲 속에 지어진 별장으로 보냈습니다. 대비 자신의 끔찍한 욕망을 손쉽게 채우기 위해서였습니다. 그리고 며칠 후, 대비는 직접 별장에 찾아가 부엌에서 일하는 시종에게 이렇게 명령했습니다.

"내일 저녁 식사로 어린 오로라를 잡아먹고 싶구나."

끔찍한 명령에 시종은 비명을 지르다시피 말했습니다.

"아, 대비마마, 안 됩니다!"

그러자 대비는 이렇게 대답했습니다. 그녀의 목소리에는 신

선한 고기를 먹고 싶은 괴물의 욕망이 가득 담겨 있었습니다.

"먹고 싶다니까. 기왕이면 로베르 소스(브라운 머스터드소스의 일종_옮긴이)와 함께 먹는 게 좋겠구나."

시종은 식인 괴물 대비의 명령을 결코 어길 수 없다는 것을 잘 알고 있었습니다. 그는 별수 없이 커다란 식칼을 들고 어린 오로라의 방으로 갔습니다. 이제 막 네 살이 된 오로라가 시종을 보고는 까르르 웃으며 그를 끌어안고 사탕을 달라고 했습니다. 시종은 울음을 터뜨리며 식칼을 바닥에 떨어뜨렸습니다. 그러고는 오로라 대신 어린 양을 죽여 맛있는 소스를 끼얹어 대비의 저녁 식사로 내놓았습니다. 대비는 일평생 이렇게 맛있는 음식을 먹어본 적이 없다며 시종을 칭찬했습니다. 저녁 식사가 끝난 뒤, 시종은 어린 오로라를 자신의 부인에게 데려가 궁전의 정원 한구석에 있는 오두막에 숨겨 두라고 말했습니다. 그리고 다시 일주일이 지났습니다. 사악한 대비는 시종을 다시 불러서 이렇게 말했습니다.

"이제 어린 쥬르를 먹어야겠다."

대비의 명령에 시종은 아무 대답도 하지 않았습니다. 그는 이미 오로라를 구했던 때처럼 대비를 속이기로 마음먹었던 것입니다. 시종은 쥬르를 찾아 나섰습니다. 이제 막 세 살이 된 쥬르는 조그마한 장난감 칼을 쥐고 커다란 원숭이와 칼싸움을 하며 놀고 있었습니다. 시종은 바로 쥬르를 자신의 부인에게 데려갔습니다. 그리고 누나인 오로라와 마찬가지로 부인의 집에 꼭꼭 숨겨 달라고 말했습니다. 그러고는 어린 쥬르의 방으로 돌아와 새끼 양을 아주 부드럽게 요리해서는 대비에게 바쳤습니다. 이번에도 식인 괴물 대비는 요리를 맛있게 먹어 치웠습니다.

그렇게 모든 일이 잘 흘러가는가 싶었습니다. 그러나 어느 날 저녁, 사악한 대비는 시종을 불러 다시 이렇게 말했습니다.

"이번에는 내 며느리를 똑같은 소스로 요리해 다오."

이번만큼은 시종도 대비를 속일 방법을 찾을 수 없었습니다. 이제 갓 스무 살이 된 젊은 왕비는 백 년 동안 잠들어 있었다고는 믿을 수 없을 정도로 아름답고 건강했습니다. 탄탄한 피부도 흠집 하나 없이 깨끗하고 희었습니다. 그렇게 튼튼한 짐승을 어디서 찾을 수 있을까요? 결국 시종은 고민 끝에 젊은 왕비를 희생시키기로 했습니다. 그렇지 않고서는 그 자신도 살아남기가 힘들었습니다. 시종은 망설이지 않고 최대한 빨리 일을 처리하고자 마음먹었습니다.

그는 내키지 않는 마음을 다잡고는 단도를 들고서 젊은 왕비의 방으로 올라갔습니다. 시종은 왕비를 존경하는 마음에 그녀를 기습하는 대신, 자신이 대비로부터 어떤 명령을 받았는지를 차분히 설명했습니다. 그러자 왕비는 자신의 목을 쭉 늘이며 말했습니다.

"명령대로 하세요, 명령받은 대로 저를 죽이세요. 제가 그토록 사랑했던 아이들, 내 가엾은 아이들을 만나고 싶어요."

아이들을 데려간 이후로 아무 소식도 듣지 못했던 왕비는 아이들이 그저 죽었을 거라고 생각했던 것입니다. 젊은 왕비의 말에 시종은 눈물을 흘리며 말했습니다.

"아니오, 아닙니다. 왕비님, 지금 죽으시면 안 됩니다. 다시 살아서 아이들을 만나셔야 할 것 아닙니까. 왕비님의 자제들은 저의 오두막에 숨겨 두었습니다. 이제 왕비님 대신 암사슴을 준비해서 대비마마를 속이기만 하면 됩니다."

시종은 약속대로 젊은 왕비를 자신의 집으로 데려가 아이들과 만나게 해 주었습니다. 왕비는 아이들을 껴안으며 눈물을 흘렸습니다. 그리고 그 사이 시종은 궁궐로 돌아가 암사슴을 요리하여 대비에게 저녁 식사로 바쳤습니다. 왕비는 저녁 식사를 게걸스레 먹어치웠습니다. 마치 자신이 정말로 젊은 왕비를 잡아먹고 있다고 생각한 듯했습니다. 그렇게 자신의 잔인한 욕망을 채우고 나자, 대비는 젊은 왕에게 변명할 거리를 지어냈습니다. 굶주린 늑대들이 젊은 왕비와 두 아이들을 잡아먹었다고 둘러대기로 한 것입니다.

그러나 어느 날 저녁, 언제나처럼 신선한 고기를 찾아 안뜰과 정원을 산책하던 대비는 어느 작은 집 안에서 어린 쥬르가 우는 소리를 들었습니다. 나쁜 짓을 했던 쥬르를 왕비가 야단치고 있었던 것입니다. 그뿐이 아니었습니다. 오로라가 그의 남동생에게 용서를 구하고 있는 소리도 들려왔습니다. 왕비와 아이들의 목소리를 알아들은 대비는 자신이 속았다는 것에 분노했습니다. 그리고 다음 날 아침, 온 세상을 떨게 할 무서운 목소리로 명령했습니다. 왕궁 한가운데에 큰 통을 놓아두고 두꺼비, 독사, 물뱀, 구렁이를 한가득 채운 뒤 왕비와 아이들, 그리고 시종과 그의 가족들까지도 모조리 그 통 속으로 던져 넣으라는 것이었습니다. 물론 그들 모두 등 뒤로 손을 단단히 묶어 데려오라고 했습니다.

명령에 따라 그들이 대비 앞에 섰습니다. 호위병들이 그들을 큰 통으로 던질 준비를 하고 있었습니다. 그때 생각지도 않게 왕이 말을 타고 왕궁 안으로 들어섰습니다. 그리고 깜짝 놀라서 이게 무슨 광경이냐고 물었습니다. 차마 아무도 나서서 이야기할 수 없었습니다. 눈앞에 벌어진 광경에 분노한 대비는 스스로 큰 통에 몸을 던졌습니다. 그리고 삽시간에 그녀가 넣으라고 했던 온갖 끔찍한 짐승들에게 잡아먹혔습니다. 자신의 어머니를 잃은 왕은 슬픔에 잠겼습니다. 그러나 아름다운 아내와 아이들을 보자 이내 마음이 안정되었습니다.

고양이 선생, 혹은 장화 신은 고양이

어느 먼 옛날, 한 방앗간 주인이 세상을 떠났습니다. 풍차와 당나귀와 고양이, 그리고 자식 세 명만이 그가 남긴 전부였습니다. 곧 재산 분할이 이뤄졌습니다. 공증인이나 대리인도 없었습니다. 얼마 되지 않는 재산은 금세 나눠졌습니다. 첫째는 풍차를, 둘째는 당나귀를, 막내는 고양이 한 마리를 가져갔습니다.

아주 적은 몫을 갖게 된 막내는 쉽사리 마음을 진정시키지 못했습니다. 그가 말했습니다.

"형님들은 둘이 가진 걸 합치면 어떻게든 생계를 꾸려 나갈 수 있을 거야. 하지만 나는 고양이를 먹어 치우고 가죽으로 토시를 만들고 나면 곧 굶주려 죽고 말겠지."

고양이는 이 말을 못 들은 척하며 침착하고 심각한 말투로 말했습니다.

"마음 아파하지 마세요, 주인님. 저에게 그저 작은 자루 하나와 가시덤불 사이도 걸을 수 있는 장화만 만들어 주세요. 그러면 주인님이 생각하신 것만큼 빈약한 몫이 아니라는 것을 알게 될 거예요."

고양이의 주인은 고양이의 말을 거의 믿지 않았습니다. 고양이가 쥐들을 잡을 때 비열한 속임수를 쓰는 것을 몇 번 봤기 때문입니다. 스스로 발에 줄을 걸어 매달리거나 밀가루 포대 속에 몸을 숨겨 죽은 척을 하면 손쉽게 쥐들을 잡을 수 있었기에, 고양이가 막내의 이 절박한 상황을 그리 공감하지 못한다고 생각한 것입니다.

하지만 결국 고양이는 원하는 것을 얻게 되었고, 고양이는 당당하게 장화를 신고, 자루를 목에 두르고, 앞발로는 끈을 쥐었습니다. 그리고 수많은 토끼들이 있는 사육장으로 들어갔습니다. 그는 자루 안에 톱밥과 씨앗 몇 개를 넣고는 죽은 척을 했습니다. 그리고 아직 세상 물정을 잘 모르는 몇몇 어린 토끼들이 자루 속을 뒤지기를 기다렸습니다.

누워 있는 것도 힘이 들었지만 고양이는 만족했습니다. 멍청한 어린 토끼가 자루 속으로 들어온 것이었습니다. 고양이는 그 즉시 망설임 없이 끈으로 토끼를 죽였습니다. 그리고 먹이를 구했다는 사실에 의기양양하게 왕궁으로 가서 왕과 이야기를 하고 싶다고 했습니다. 고양이는 계단을 올라 왕이 있는 곳으로 간 뒤 정중하게 인사를 하고 말했습니다.

"전하, 카라바 후작께서 전하께 전해 드리라고 토끼 한 마리를 주셨습니다."

고양이는 자신의 주인에게 '카라바'라는 이름을 붙인 것에 대해 무척 만족했습니다. 왕이 대답했습니다.

"너의 주인께 감사하다고 전해 드리거라. 무척 기쁘구나."

또 어느 날, 고양이는 밀밭에 숨어서 자루를 열어 앞발로 쥐고 있었습니다. 곧 자루 속으로 자고새 두 마리가 들어오자 끈으로 죽었습니다. 고양이는 또다시 저번처럼 자고새를 왕에게 선물했습니다. 왕은 이에 무척 기뻐하며, 고양이에게 마실 것을 사라며 돈을 조금 쥐어 주었습니다. 고양이는 이런 식으로 두세 달 동안 가끔씩 사냥감을 선물해 주었습니다.

고양이는 또, 왕이 자신의 아름다운 딸과 강가로 산책을 가는 날을 알아냈습니다. 그리고 주인에게 말했습니다.

"제 의견을 따르신다면 행운이 올 것입니다. 제가 가리키는 강으로 가셔서 목욕을 하면 됩니다. 나머지는 저에게 맡겨 주세요."

카라바 후작은 영문도 모른 채 고양이의 조언을 따랐습니다. 그가 몸을 담그고 있을 때 왕이 지나갔습니다. 그때 고양이가 온 힘을 다해 소리쳤습니다.

"도와주세요! 도와주세요! 카라바 후작님께서 물에 빠지셨어요!"

이 비명을 듣고 왕은 마차 밖으로 얼굴을 내밀었습니다. 자신에게 몇 번이고 사냥감을 가져다준 고양이를 보고는 호위병들에게 어서 카라바 후작을 구하라고 명령했습니다. 불쌍한 후작을 강에서 끌어올리고 있을 때 고양이는 마차로 다가가 왕에게 말했습니다.

"전하, 주인님이 강에서 씻고 있는데 갑자기 도둑들이 와서는 주인님의 옷을 훔쳐 가 버렸습니다. 제가 '도둑이야!'라고 힘껏 외쳤는데도 말입니다."

교활한 고양이는 바위 밑에 주인의 옷을 숨겨 놓았던 것입니다. 왕은 즉시 하인을 불러 카라바 후작을 위한 멋진 옷을 마련하라고 명령했습니다. 왕은 후작에게 호의를 베풀었습니다. 옆에 있던 공주는 잘생긴 외모에 멋진 옷까지 입은 후작에게 반했습니다. 게다가 후작은 그녀를 두어 번 정중한 눈길로 바라보았을 뿐이었는데도 공주는 열렬한 사랑에 빠져 버렸습니다. 왕은 후작에게 함께 마차를 타고 산책하자고 권했습니다. 계획이 점차 들어맞는 것에 기뻤던 고양이는 마차보다 앞서 걸었습니다. 그러다가 목초지를 다듬던 농부들을 보고는 말했습니다.

"왕에게 이 목초지가 카라바 후작의 것이라고 말하시오. 그렇지 않으면 당신들 모두 고기처럼 다져질 것이오."

예상대로 왕은 농부들에게 이 목초지가 누구의 것이냐고 물었습니다. 고양이의 보복이 두려웠던 농부들은 하나같이 대답했습니다.

"이것은 카라바 후작님의 것입니다."

그러자 왕이 카라바 후작에게 말했습니다.

"정말 멋진 목초지를 가졌구나."

후작이 대답했습니다.

"맞습니다, 전하. 매년 많은 수확을 가져다주지요."

여전히 앞서 걸어가고 있던 고양이는 이번에는 곡물을 수확하고 있는 사람들을 보며 이야기했습니다.

"왕에게 이 곡물이 카라바 후작의 것이라고 말하시오. 그렇지 않으면 당신들 모두 고기처럼 다져질 것이오."

조금 뒤 그곳을 지나던 왕은 이 곡물이 누구의 것이냐고 물었습니다. 고양이의 보복이 두려웠던 그들은 하나같이 대답했습니다.

"이것은 카라바 후작님의 것입니다."

고양이는 마차보다 앞서 걸으며 만나는 모든 사람에게 같은 말을 반복했습니다. 왕은 카라바 후작의 드넓은 땅을 보며 무척 놀랐습니다.

마침내 고양이는 어떤 성 앞에 도착했습니다. 그 성의 주인은 아기들을 잡아먹는 거인이었습니다. 그리고 그 거인은 다시없을 부자였습니다. 왕이 지나온 목초지며 밭들이 모두 그의 소유였던 것입니다. 고양이는 이 거인이 누구이며 무엇을 할 수 있는지 신경 써서 조사해 놓았습니다. 그리고 성을 지키던 경비에게 말했습니다.

"이 성의 주인과 이야기하고 싶습니다. 이 성에 이렇게 가까이 지나가는데도 그에게 경의를 표하지 않고 그냥 지나가기 싫거든요."

거인은 나름대로 공손하게 고양이를 맞아들여 고양이를 쉴 수 있도록 해 주었습니다. 고양이가 말했습니다.

"듣기로는 당신에게 어떤 동물로든 변할 수 있는 능력이 있다던데요. 예를 들면 사자나 코끼리로 말입니다."

그러자 거인이 거칠게 대답했습니다.

"맞습니다. 보여드리죠. 제가 사자로 변하는 걸 말입니다."

눈앞의 사자를 보며 기겁한 고양이는 빗물받이 홈통으로 재빨리 몸을 숨겼습니다. 장화 덕분에 지붕 위를 뛰어다녀도 아프거나 위험하지 않았습니다. 조금 뒤 고양이는 거인이 본래 모습으로 돌아온 것을 보고는 내려와서 무서웠다고 말했습니다.

"저는 믿을 수 없지만, 듣기로는 당신이 작은 동물로도 변할 수 있다고 하던데요. 예를 들면 들쥐나 생쥐로 말입니다. 물론 저는 불가능하다고 생각합니다."

거인이 대답했습니다.

"불가능하다고요? 보십시오."

동시에 거인은 작은 생쥐로 변해서 바닥을 뛰어다녔습니다. 고양이는 재빨리 쥐가 어디 있는지를 파악한 다음 쥐를 잡아먹어 치웠습니다.

한편, 거인의 멋진 성 앞을 지나가던 왕은 안에 들어가고 싶었습니다. 고양이는 마차가 도개교를 지나가는 소리를 듣고는 뛰어가서 왕에게 말했습니다.

"전하, 카라바 후작의 성에 어서 오십시오."

그러자 왕이 놀라서 후작에게 말했습니다.

"아니, 이 성도 자네의 것이란 말인가? 이 성보다 더 멋진 성은 본 적이 없네. 게다가 이곳을 둘러싸고 있는 건물들까지도 멋지군. 괜찮다면 안에 들어가게 해 주게."

후작은 어린 공주에게 손을 내밀었습니다. 왕이 제일 먼저 계단을 오르고 후작과 공주가 그를 뒤따랐습니다. 그들은 곧 넓은 방으로 들어갔습니다. 그곳에는 거인이 친구들을 위해 준비해 놓은 성대한 식사가 마련되어 있었습니다. 오기로 했던 거인의 친구들은 왕이 성 안에 있는 것을 보고 감히 들어오지 못하고 있었던 것입니다.

왕은 카라바 후작의 좋은 품성에 감탄을 금치 못했고, 공주는 이미 광적으로 그를 사랑하고 있었습니다. 거기다 후작은 막대한 재산까지 가지고 있었습니다. 왕은 술 대여섯 잔을 마시고는 후작에게 말했습니다.

"자네밖에 없네. 나의 사위가 되어 주게."

후작은 허리 숙여 공손하게 인사하며 왕의 제안을 영광스럽게 받아들였습니다. 바로 그날 후작은 공주와 결혼했습니다. 고양이는 거대한 영주가 되었습니다. 그리고 장난칠 때를 제외하고는 더 이상 생쥐를 쫓아 달리지 않았습니다.

작은 엄지

어느 먼 옛날, 나무꾼 부부가 살았습니다. 그들에게는 일곱 명의 아이들이 있었는데, 모두 남자아이였습니다. 첫째는 열 살이었고, 막내는 일곱 살이었습니다. 사람들은 이 나무꾼 부부가 이토록 짧은 기간에 이렇게 많은 아이들을 가졌다는 것에 놀랐습니다. 사실 부인이 일손이 빠른 덕에, 한 아이를 낳는 데에 두 달밖에 걸리지 않았습니다.

이 부부는 무척 가난했습니다. 아직 생활비를 벌 수 없었던 일곱 아이들은 부모를 못살게 굴었습니다. 그중에서도 가장 힘들었던 것은 막내가 무척 작고 연약한데다 말을 한 마디도 하지 않는다는 것이었습니다. 막내는 너무나도 작았습니다. 막내가 세상에 처음 태어날 때, 엄지손가락보다도 작았습니다. 사람들은 막내를 '작은 엄지'라고 불렀습니다. 이 가엾은 아이는 집에서도 놀림을 받았고, 사람들에게도 손가락질을 받았습니다. 하지만 작은 엄지는 형제들 가운데서도 가장 날카롭고 신중했습니다. 적게 말하고 많이 들었습니다.

그해는 무척 어려운 해였습니다. 너무도 굶주렸습니다. 이 불쌍한 부부는 결국 아이들을 버리기로 결심했습니다.

어느 날 저녁, 아이들은 자고 있었고, 남편은 부인과 함께 난롯가에 있었습니다. 남편은 고통으로 가득 찬 마음을 안고 부인에게 말했습니다.

"당신도 알다시피 우리는 이제 우리 아이들을 기를 힘이 없어요. 눈앞에서 굶어 죽어 가는 아이들을 더는 바라볼 수 없어요. 그래서 내일 숲에 가면 아이들을 놓아 주어서 길을 잃게끔 하려고 결심했어요. 정말 쉬울 거예요. 아이들이 나무를 묶느라 우리를 보지 않는 틈을 타 우리는 도망가기만 하면 될 거예요."

그러자 부인이 소리쳤습니다.

"아! 정말 당신의 아이들을 당신 손으로 버릴 수 있어요?"

남편은 부인에게 그들이 얼마나 가난한지 열심히 설명했지만 헛수고였습니다. 부인은 절대 동의할 수 없었습니다. 그녀도 가난은 힘들었지만, 동시에 아이들의 엄마였습니다. 하지만 아이들이 굶어 죽는 것을 보는 끔찍한 고통을 생각하면서 결국 부인도 동의했습니다. 그녀는 울며 잠이 들었습니다.

작은 엄지는 부모님이 말하는 것을 전부 들었습니다. 침대에 누워 있던 작은 엄지가 부모님이 난처한 일에 대해 말하는 것을 듣고는 조용히 일어나 아버지가 앉아 있는 의자 밑에 들어가서 들키지 않고 모든 것을 들을 수 있었던 것입니다. 이야기가 끝나자 작은 엄지도 침대로 돌아가 누웠지만, 자신이 무엇을 하면 좋을지 생각에 잠겨 잠을 잘 수 없었습니다. 새벽이 되자 작은 엄지는 자리에서 일어났습니다. 그리고 근처 개울가로 가서 작고 하얀 조약돌을 주머니에 가득 채우고는 다시 집으로 돌아왔습니다.

날이 밝자 가족은 밖으로 나갔습니다. 작은 엄지는 자신이 알고 있는 것을 형제들에게 이야기하지 않았습니다. 그들은 숲으로 갔습니다. 열 걸음만 떨어져 있어도 다른 사람이 전혀 보이지 않을 만큼 나무로 빽빽했습니다. 나무꾼은 나무를 베기 시작했고, 아이들은 나무를 묶을 잔가지들을 모으기 시작했습니다. 나무꾼과 아내는 아이들이 일하느라 바쁜 것을 보고 서서히 아이들에게서 멀어져 갔습니다. 그리고 어느 순간 작은 오솔길로 달아나 버렸습니다.

　아이들은 홀로 남겨진 것을 깨닫자 온 힘을 다해 소리 지르며 울었습니다. 집으로 돌아가는 길을 알고 있던 작은 엄지는 형제들이 울게 내버려 두었습니다. 먼 길을 걸어오면서 작은 엄지는 주머니에 넣어 두었던 작고 하얀 조약돌들을 하나씩 떨어뜨려 놓았던 것입니다. 작은 엄지는 형제들에게 말했습니다.

　"형들, 두려워하지 말아요. 아버지와 어머니는 우리를 여기에 버렸지만, 저는 형들을 우리 집까지 잘 데려다 줄 수 있어요. 저만 따라와요."

　아이들은 작은 엄지를 뒤따라갔습니다. 작은 엄지는 앞장서

서 숲으로 왔던 길과 똑같은 길로 그의 집까지 형제들을 데리고 갔습니다. 집 앞에 도착한 아이들은 차마 들어갈 수가 없었습니다. 그리고 아버지와 어머니가 어떤 이야기를 하는지 들으려고 문에 귀를 바싹 갖다 댔습니다.

나무꾼 부부가 집에 돌아왔을 때였습니다. 마을의 영주가 그들에게 빚지고 있던 은화 열 개를 보낸 것이었습니다. 부부는 생각지도 못했던 은화가 생겼습니다. 이 은화는 부부에게 새로운 삶을 주었습니다. 불쌍한 아이들을 숲에 버렸기 때문입니다. 나무꾼은 즉시 부인을 푸줏간으로 보냈습니다. 그들은 아주 오랫동안 아무것도 먹지 못했기 때문에 그녀는 두 명이 먹을 양보다 세 배는 더 많은 고기를 샀습니다. 부부가 배불리 먹고 난 다음, 부인이 말했습니다.

"이런! 우리의 가엾은 아이들은 어디 있는 거죠? 여기 남은 음식들이라면 아이들도 배불리 먹을 수 있었을 텐데 말이에요. 기욤, 당신이 그들을 버리자고 했잖아요. 난 분명히 후회할 거라고 이야기했어요. 아이들은 그 숲 속에서 무엇을 하고 있을까요? 아아! 신이시여, 늑대들이 아이들을 벌써 잡아먹었을 거예요! 우리 아이들을 버리다니 당신은 정말 잔인해요."

나무꾼은 결국 참을 수 없었습니다. 정말로 부인은 그들이 후회할 것이고, 이것을 분명히 말했다고 스무 번도 넘게 이야기했던 것입니다. 나무꾼은 부인에게 조용히 하지 않으면 때리겠다고 협박했습니다. 아마도 나무꾼이 부인보다 덜 괴로웠을지도 모릅니다. 하지만 부인이 계속해서 소리를 지르는 바람에 나무꾼은 머리가 더욱 아팠습니다. 나무꾼은 부인을 무척이나 사랑하지만, 언제나 옳은 말만 하는 부인들을 성가시다고 생각하는 다른 남자들과 같은 성미를 갖고 있던 것입니다. 나무꾼 부인은 목청껏 울고 있었습니다.

"아아! 내 아이들, 내 가엾은 아이들은 어디 있는 걸까?"

부인이 아주 크게 울자, 문 밖에 있던 아이들도 그 소리를 듣고는 다함께 울기 시작했습니다.

"우리 여기 있어요, 우리 여기 있어요."

부인은 달려가서 문을 열어 아이들을 맞았습니다. 그리고 모두를 끌어안으며 말했습니다.

"이렇게 너희를 다시 보게 되니 무척 기쁘구나, 사랑하는 아이들아! 많이 지쳤지, 많이 배고프지. 피에로, 너는 진흙투성이구나. 이리 오렴. 씻겨 줄게."

피에로는 그녀가 아이들 중에서도 가장 사랑하는 첫째 아들이었습니다. 그녀의 불그스름한 머리를 닮아 피에로의 머리도 불그스름했기 때문입니다.

아이들은 식탁에 앉았습니다. 허겁지겁 먹는 모습에 나무꾼과 아내는 즐거웠습니다. 그리고 아이들은 입을 모아 숲 속에서 얼마나 무서웠는지 이야기했습니다. 이 선량한 사람들은 아이들을 다시 보게 되어 매우 기뻤습니다.

이 기쁨은 열 개의 은화가 있는 동안 지속되었습니다. 하지만 열 개의 은화를 다 써 버리고 나자 부부는 다시 처음과 같은 고통에 시달렸습니다. 그래서 아이들을 다시 버리기로 결심했습니다. 이번에는 실패하지 않게끔, 저번보다도 훨씬 더 먼 곳에 아이들을 데려가기로 했습니다.

그들은 작은 엄지에게 들키지 않을 정도로 몰래 이야기할 수는 없었습니다. 작은 엄지는 이미 해 봤던 방법으로 문제에서 빠져나가기로 했습니다. 이번에도 새벽에 일어나 조약돌을 주우러 가려는데, 개울가에 갈 수가 없었습니다. 집의 문이 아주 단단히 잠겨 있었기 때문입니다. 작은 엄지는 어떻게 해야 좋을지 몰랐지만 어머니가 아침밥으로 빵조각을 하나씩 나눠 줄 때, 작은 엄지는 앞으로 지나갈 먼 길에 조약돌 대신 빵을 떼어 놓아야겠다고 생각했습니다. 작은 엄지는 주머니에 빵을 챙겼습니다.

아버지와 어머니는 가장 빽빽하고 캄캄한 숲으로 아이들을 데리고 갔습니다. 그리고 샛길에 도착하자마자 아이들을 그곳에 내버려 두고 떠났습니다. 작은 엄지는 많이 슬프지 않았습니다. 그가 지나온 길 곳곳에 뿌려놓은 빵조각들 덕분에 쉽게 집으로 돌아갈 수 있을 거라고 생각했기 때문입니다. 그러나 되돌아가는 길에 뿌려 두었던 빵부스러기들을 찾아볼 수 없었습니다. 새들이 와서 모두 먹어 치운 것이었습니다.

아이들은 몹시 괴로웠습니다. 헤매면 헤맬수록 더 깊은 숲속으로 파고들었습니다. 밤이 왔습니다. 거센 바람이 불어와서 아이들은 무서웠습니다. 사방에서 늑대 소리가 들리는 것만 같았습니다. 금방이라도 와서 잡아먹을 것 같았습니다. 아이들은 서로 말하거나 고개를 돌릴 엄두도 내지 못했습니다. 갑자기 거센 비가 왔습니다. 날카로운 빗줄기가 뼛속까지 뚫을 것 같았습니다. 한 걸음 한 걸음 걸을 때마다 흙탕물에 빠졌고, 손은 진흙투성이가 된 채 다시 일어났습니다.

뭔가 보이지 않을까 하고 생각한 작은 엄지는 나무 위로 높이 올라갔습니다. 이리저리 둘러보니, 촛불처럼 작고 희미한 빛이 흘러나오는 것이 보였습니다. 그렇지만 숲의 저쪽 반대편에 아주 멀리 떨어져 있었습니다. 작은 엄지는 나무에서 내려왔습니다. 땅에 내려오자 아무것도 보이지 않았습니다. 작은 엄지는 무척 난처했습니다. 하지만 형들과 함께 한동안 걷자, 아까 봤던 빛이 다시 나무들 사이로 보였습니다.

마침내 아이들은 빛이 흘러나오는 집 앞에 도착했습니다. 아이들은 두려움에 떨며 문을 두드렸습니다. 친절한 여자가 문을 열어 주었습니다. 여자는 아이들에게 원하는 것을 물었습니다. 작은 엄지는 여자에게 가엾은 아이들이 숲 속에서 길을 잃었으니 자비를 베풀어 하룻밤만 재워 달라고 이야기했습니다. 귀여운 아이들을 보며 여자는 울기 시작했습니다. 그리고 아이들에게 말했습니다.

"이런! 불쌍한 아이들아, 어딜 온 거니! 여기는 어린 아이들을 잡아먹는 괴물의 집이라는 걸 정말 몰랐니?"

그러자 다른 형들처럼 바들바들 떨고 있던 작은 엄지가 대답했습니다.

"아아! 아주머니, 어떻게 하면 좋을까요? 이 집에 저희를 들이지 않아도 어차피 숲 속의 늑대들이 우리를 잡아먹을 거예요. 저희는 차라리 괴물이 우리를 잡아먹었으면 좋겠어요. 혹시나 간절하게 빌면 저희를 불쌍하게 여겨 줄 수도 있잖아요."

괴물의 부인은 다음 날 아침까지 남편에게서 아이들을 숨길수 있을 거라고 생각했습니다. 그래서 아이들을 집으로 불러들여 벽난로 앞에서 그들의 몸을 녹이도록 했습니다. 불 위에는 괴물이 먹을 양 한 마리가 통째로 꼬챙이에 꽂혀 있었습니다.

아이들의 몸이 서서히 따뜻해질 때, 문을 크게 서너 번 두드리는 소리가 들렸습니다. 집으로 돌아온 괴물이었습니다. 부인은 즉시 아이들을 침대 밑에 숨기고 문을 열었습니다. 괴물은 먼저 식사가 준비됐는지, 뚜껑을 연 포도주가 있는지 물었고, 바로 식탁 위에 놓으라고 말했습니다. 양은 아직 익지 않았지만 괴물에게는 가장 알맞은 상태였습니다. 그는 좌우로 고개를 돌리며 코를 킁킁거렸습니다. 그리고 신선한 고기 냄새가 난다고 말했습니다. 부인이 말했습니다.

"그럴 거예요. 내가 방금 잡은 양이니까요."

"다시 한 번 말하지만 신선한 고기 냄새가 나."

괴물이 부인을 쳐다보며 말했습니다.

"여기 내가 기대하지 않았던 게 있군."

이렇게 말하며 괴물은 식탁에서 일어나 곧바로 침대 쪽으로 향했다. 그가 말했습니다.

"아! 날 속이려고 했던 것을 보라지, 이 가증스러운 여자야! 너까지도 먹어 치워야겠어. 넌 늙어서 그렇게 맛이 없겠지만 말이야. 며칠 후면 찾아올 세 명의 괴물 친구들에게 아주 좋은 먹잇감이 될 거야."

괴물은 침대 밑에서 아이들을 한 명 한 명 끄집어냈습니다. 이 가엾은 아이들은 무릎을 꿇고 용서를 빌었습니다. 하지만 그들은 괴물 중에서도 가장 잔인한, 동정심과는 아주 거리가 먼 괴물을 마주하고 있었습니다. 괴물은 탐욕스러운 눈빛으로 아이들을 바라보았습니다. 그리고 부인에게는 감칠맛 나는 양념을 하겠다며 아이들에게 파이를 한 조각씩 먹이라고 말했습니다.

괴물은 커다란 칼을 꺼내 왼손에 쥐고는 가엾은 아이들에게로 다가갔습니다. 그리고 기다란 돌에 칼을 갈기 시작했습니다. 그는 아이 한 명을 붙들었습니다. 부인이 그에게 말했습니다.

"지금 뭐하는 거예요? 내일이 되려면 아직 멀었잖아요!"

그러자 괴물이 말했습니다.

"조용히 해!"

아이들은 더욱 고통스러웠습니다. 부인이 말했습니다.

"하지만 여기 고기가 충분히 있잖아요. 송아지 고기에 양 두 마리, 거기에 돼지 반 마리도 있어요!"

괴물이 말했습니다.

"일리가 있군, 그 고기들을 아이들에게 먹여. 살을 좀 찌운 다음에 먹어야겠어. 그리고 좀 재워 둬."

착한 부인은 굉장히 기뻐하며 아이들을 위해 저녁을 마련해 주었습니다. 하지만 두려움에 사로잡힌 아이들은 차마 음식을 삼킬 수가 없었습니다. 괴물은 친구들에게 대접할 좋은 먹을거리가 생겼다는 기쁨에 다시 술을 마셨습니다. 평소보다 훨씬 많은 술을 들이키자 머리가 조금 아파진 괴물은 잠자리에 들어야만 했습니다.

괴물에게는 일곱 명의 딸이 있었습니다. 아직 어린아이에 불과했던 딸들은 모두 고운 피부를 가지고 있었습니다. 그들의 아버지처럼 신선한 고기를 먹으며 자랐기 때문입니다. 작고 동그란 잿빛 눈에 매부리코, 지나치게 큰 입과 길고 뾰족한 이빨을 가진 딸들은 아직 흉악하지는 않았습니다. 그러나 어린 아기들을 이빨로 물어서 피를 빨아 먹었기 때문에 더 크면 악해질 것이 분명했습니다.

딸들은 일찍 잠자리에 들었습니다. 머리 위에는 황금으로 된 왕관을 쓴 채, 일곱 명 모두 큰 침대 하나에서 잠이 들었습니다. 그리고 같은 방 안에 같은 크기의 거대한 침대가 하나 더 있었습니다. 괴물의 부인은 일곱 명의 소년을 그 침대에서 자게 했습니다. 그리고 그녀는 괴물의 옆에서 잠이 들었습니다.

작은 엄지는 괴물의 딸들이 머리 위에 왕관을 쓰고 있다는 사실에 주목했습니다. 그리고 당장이라도 괴물이 나타나 자신의 형들을 집어삼킬까 두려웠습니다. 작은 엄지는 그날 한밤중에 일어나 그와 형들이 쓰고 있던 작은 모자를 벗기고 일곱 딸들의 머리 위에 가만히 씌워 놓았습니다. 그리고 딸들이 쓰고 있던 황금 왕관을 집어 자신과 형들의 머리 위에 올려놓았습니다. 그러면 괴물도 딸들과 소년들을 잘 구별하지 못할 것 같았기 때문입니다.

작은 엄지의 계획은 맞아 떨어졌습니다. 당장이라도 아이들을 죽이고 싶었던 괴물이 다음 날까지 기다리기 싫어져서 자정쯤에 일어난 것입니다. 갑작스럽게 침대에서 일어난 괴물은 큰 칼을 들고 중얼거렸습니다.

"보러 가야겠어. 이 작은 개구쟁이들이 잘 있는지 보자고. 더는 망설이면 안 되겠어."

괴물은 딸들이 자고 있는 방으로 올라갔습니다. 그리고 소년들이 있는 침대로 접근했습니다. 소년들은 모두 자고 있었고, 작은 엄지만이 깨어 있었습니다. 형들과 자신의 머리를 어루만지는 괴물의 손이 두려웠습니다. 괴물이 그들을 더듬다가 황금 왕관이 느껴지자 말했습니다.

"이런, 내 어여쁜 딸들을 죽이려 했다니. 어제 술을 너무 많이 마셨군."

그리고 그는 딸들이 자고 있는 침대로 향했습니다. 그리고 딸들의 머리 위에 있는 소년들의 모자를 만지며 중얼거렸습니다.

"아! 여기 있었군. 이 녀석들! 과감하게 가자구!"

이 말을 하면서 그는 망설임도 없이 일곱 딸들의 머리를 베었습니다. 한층 기분이 좋아진 그는 다시 부인 곁으로 가서 잠을 청했습니다. 괴물이 코를 고는 소리가 들리자 작은 엄지는 형들을 깨워서 당장 외투를 입고 자기를 따라오라고 말했습니다. 그들은 조심스럽게 집 앞마당으로 내려와서 담벼락을 뛰어넘었습니다. 그들은 두려움에 벌벌 떨면서 어디로 가는지도 모르는 채 밤새도록 달렸습니다.

아침에 잠에서 깬 괴물은 부인에게 말했습니다.

"어젯밤에 온 소년들에게 가서 준비시켜."

남편의 친절한 태도에 부인은 무척 놀랐습니다. 준비시키라는 말이 무엇을 의미하는지 몰랐지만, 아이들에게 옷을 입히라는 말이라 생각하며 계단을 올랐습니다. 그리고 방으로 올라간 그녀는 몹시 당혹스러웠습니다. 일곱 딸들이 목이 잘린 채 피범벅이 되어 있었던 것입니다.

모든 여자들이 이와 같은 상황을 접했을 때 그러는 것처럼, 그녀도 기절했습니다. 시킨 일이 그리 오래 걸리지 않을 거라 생각했던 괴물은 부인이 내려오지 않자 부인을 도우러 올라갔습니다. 그리고 끔찍한 광경을 본 괴물은 부인만큼이나 놀랐습니다. 그는 소리쳤습니다.

"아! 내가 무슨 짓을 한 거야! 이 교활한 녀석들. 당장 죗값을 치르게 해야겠어!"

그는 곧바로 부인의 얼굴에 찬물 한 주전자를 부었다. 그리고 정신을 차린 부인에게 말했습니다.

"어서 내 요술 부츠를 갖고 와! 한 걸음에 3킬로미터를 갈 수 있는 부츠 말이야! 녀석들을 잡으러 가겠어."

그는 즉시 활동을 개시했습니다. 이쪽에서 저쪽으로 여기저기 뛰어다닌 다음, 괴물은 아이들이 있는 길로 들어섰습니다. 가엾은 아이들은 아버지의 집에서 100걸음도 떨어져 있지 않은 상태였습니다. 숨어있던 그들은 괴물을 보았습니다. 괴물은 이 산에서 저 산으로 성큼성큼 걸었고, 커다란 강물도 개울을 넘듯 너무도 쉽게 건너는 것이었습니다. 작은 엄지는 근처에 속이 텅 빈 바위가 있는 것을 발견하고는 형들을 숨겼고, 자신도 숨어서 괴물의 모습을 지켜보았습니다.

아무런 성과도 없이 먼 길을 걸어온 탓에 괴물은 지쳐 있었습니다. 게다가 요술 부츠를 신으면 더욱 피곤했습니다. 잠시 쉬고 싶었던 괴물은 우연찮게도 소년들이 숨어 있는 바위 위에 걸터앉았습니다.

무척 피곤했던 괴물은 얼마 지나지 않아 졸음이 밀려오는 것을 느꼈습니다. 그리고 곧 코를 골기 시작했습니다. 그 소리가 너무 커서 아이들은 괴물이 자신들의 목을 베기 위해 큰 칼을 들고 있던 때만큼 무서웠습니다. 그나마 덜 무서웠던 작은 엄지는 형들에게 괴물이 곤히 잠들었으니, 괴물을 무서워하지 않아도 괜찮으며 어서 집으로 달아나자고 말했습니다. 형들은 그의 의견에 따르기로 했고, 곧 집 앞에 다다랐습니다.

작은 엄지는 괴물에게 다가가 조심스럽게 부츠를 벗겨 자신의 발을 넣었습니다. 부츠는 작은 엄지에게 아주 길고 컸습니다. 그렇지만 부츠에는 마법이 걸려 있었습니다. 부츠를 신는 사람의 발과 다리에 따라 부츠를 커지게 하거나 줄어들게 해서 부츠가 딱 맞도록 만드는 능력이 있었던 것입니다. 작은 엄지는 곧바로 괴물의 집으로 향했습니다. 괴물의 부인은 목이 잘린 딸들 곁에서 울고 있었습니다. 작은 엄지가 말했습니다.

"아주머니의 남편이 큰 위험에 처했습니다. 도적 무리들에게 둘러싸였거든요. 그의 금과 돈을 전부 그들에게 내놓지 않으면 그를 죽이겠다고 합니다. 그들이 남편의 목에 칼을 들이댔을 때 남편이 저를 발견했습니다. 그리고 지금 상황을 아주머니께 설명해서 집안에 값이 나가는 것은 하나도 남기지 말고 가져오라고 부탁했습니다. 무자비한 도적들이 금방이라도 그를 죽일 것 같았거든요. 매우 급박한 상황이라, 아주머니도 보시다시피 남편분이 제게 요술 부츠를 건네주었어요. 한시

77

라도 빨리 여기 도착할 수 있도록, 그리고 제가 거짓말을 하는 게 아니라는 걸 증명할 수 있도록 건네줬답니다."

공포감에 휩싸인 친절한 여자는 그녀가 가지고 있던 모든 것을 주었습니다. 비록 괴물이 아이들을 잡아먹지만, 나쁜 남편은 아니라고 생각했던 것입니다. 작은 엄지는 괴물의 귀중품들을 한가득 안고 부모님의 집으로 돌아와서 기쁨에 들떴습니다.

이 마지막 상황에 동의하지 않는 사람들이 많습니다. 그들의 말에 따르면 작은 엄지는 절대 괴물의 물품들을 훔치지 않았습니다. 작은 엄지는 그저 괴물이 그들을 쫓아오지 못하도록 하기 위해서, 그리고 어서 빨리 나무꾼의 집으로 가서 먹고 마시기 위해 괴물의 요술 부츠를 벗긴 것이라고 믿었습니다. 이 사람들은 이 착한 상황만이 진실이라고 확신했습니다.

그리고 그들은 작은 엄지가 요술 부츠를 신은 후에 왕궁으로 갔다고 했습니다. 왕궁에서는 80킬로미터나 떨어진 전쟁터의 상황이 어떤지, 전쟁에서 승리했는지 전혀 알 수 없었던 왕궁이 발칵 뒤집혔다는 사실을 안 것입니다. 또 작은 엄지가 왕을 찾아가서, 왕이 원한다면 밤이 되기 전에 전쟁의 상황을 알려 주겠다고 했습니다. 왕은 그렇게만 해 준다면 작은 엄지에게 많은 돈을 주기로 약속했습니다. 약속대로 작은 엄지는 그날 밤에 소식을 전해 주었습니다.

이러한 작은 엄지의 길고 긴 첫 번째 여정은 그를 유명하게 만들었고, 그가 원하는 것은 무엇이든 얻을 수 있었습니다. 전쟁을 치르는 군에 자신의 명령을 잘 전달해 준 것에 감사했던 왕이 넉넉히 보상해 주었기 때문입니다. 게다가 수많은 여인들이 군에 있을 자신의 애인에게 쓴 편지를 대신 전해 달라며 많은 돈을 쥐어 주기도 했습니다. 남편에게 편지를 보내는 여자들도 있었지만 이 여인들은 돈을 너무도 적게 치르는 바람에 작은 엄지는 이 부분에서 얻은 수익은 계산하지 않았습니다.

얼마간 우편배달부 역할을 하며 두둑한 돈을 번 후에 그는 아버지에게로 돌아갔습니다. 작은 엄지가 돌아왔다는 기쁨은 차마 말로 설명하지 못할 것입니다. 작은 엄지는 가족들을 무척 편하고 즐겁게 만들었습니다. 그리고 아버지와 형들을 위

해 일자리까지 마련하여 가족들을 멋지게 자리 잡게 하고, 자
신은 계속해서 완벽하게 왕의 임무를 수행했습니다.

빨간 모자

어느 먼 옛날, 마을에 작고 세상에서 가장 예쁜 여자아이가 살고 있었습니다. 어머니는 여자아이를 무척 사랑했고, 할머니도 여자아이를 많이 사랑했습니다. 상냥한 할머니는 여자아이에게 빨간 두건을 만들어 주었습니다. 그 두건이 여자아이에게 정말 잘 어울려서, 마을 사람들은 여자아이를 '빨간 모자'라고 부르게 되었습니다.

어느 날, 케이크를 만들던 어머니가 여자아이에게 말했습니다.

"할머니에게 가 보렴. 할머니가 편찮으시다는 얘기를 들었거든. 버터가 담긴 이 작은 항아리와 케이크를 가지고 가렴."

빨간 모자는 바로 할머니 댁이 있는 이웃 마을로 향했습니다.

숲을 지나다가 빨간 모자는 늑대 한 마리와 마주쳤습니다. 늑대는 빨간 모자를 너무도 잡아먹고 싶었습니다. 하지만 숲 속 여기저기에 있는 나무꾼들에게 들킬까 두려워 선뜻 잡아먹을 수 없었습니다. 늑대는 빨간 모자에게 어디를 가느냐고 물었습니다. 늑대가 위험하다는 사실을 몰랐던 불쌍한 빨간 모자는 멈춰 서서 늑대의 말을 듣고 대답했습니다.

"할머니를 만나러 가고 있어요. 엄마가 가져가라고 준 버터가 담긴 작은 항아리랑 케이크를 들고요."

"할머니는 먼 곳에 사니?"

늑대가 물었습니다.

"아, 네! 저기, 저 쪽에 있는 풍차를 지나면 나오는 첫 번째 집이에요."

"그렇구나. 나도 함께 할머니를 보러 가고 싶단다. 나는 이쪽 길로 갈 테니, 너는 저쪽 길로 가렴. 곧 할머니 집에서 보자

꾸나."

늦대는 온 힘을 다해 지름길로 달리기 시작했습니다. 빨간
모자는 가장 먼 길로 돌아가고 있었습니다. 개암 열매를 따고,
나비들을 쫓아 달리다가, 작은 꽃들을 꺾으며 즐겁게 걸어갔
습니다.

늦대는 오래 지나지 않아 할머니 댁에 도착해서 문을 두드
렸습니다. 똑, 똑.

"누구세요?"

그러자 늦대가 빨간 모자의 목소리를 흉내 내며 말했습니다.

"저 할머니의 손녀 빨간 모자예요. 엄마가 가져가라고 준 버
터가 담긴 작은 항아리랑 케이크를 들고 왔어요."

몸이 조금 아파서 침대에 누워 있었던 친절한 할머니는 외
쳤습니다.

"거기 있는 못을 빼렴, 그러면 빗장이 풀릴 거야."

늦대가 못을 빼자 문이 열렸습니다. 늦대는 할머니에게 달
려들었습니다. 사흘도 넘게 아무것도 먹지 못했던 늦대는 할
머니를 단숨에 집어삼켜 버렸습니다. 그리고 늦대는 문을 닫

고 할머니의 침대에 누워서 빨간 모자가 오기만을 기다렸습니다.

조금 뒤 빨간 모자가 문을 두드렸습니다. 똑똑.

"누구세요?"

빨간 모자는 처음에 늑대의 굵은 목소리에 놀랐습니다. 하지만 할머니가 감기에 걸렸을 거라고 생각하며 대답했습니다.

"저 할머니의 손녀 빨간 모자예요. 엄마가 가져가라고 준 버터가 담긴 작은 항아리랑 케이크를 들고 왔어요."

늑대는 조금 더 부드러운 목소리로 말했습니다.

"버터가 담긴 작은 항아리와 케이크를 상자 위에 두고, 여기와서 나와 함께 누우렴."

빨간 모자는 외투를 벗고 침대에 누웠습니다. 그런데 할머니가 잠옷을 입고 있는 모습을 보고 무척 놀랐습니다. 빨간 모자가 말했습니다.

"할머니, 팔이 정말 크네요!"

"너를 더 포근히 안아 주기 위해서란다, 아가."

"할머니, 다리가 정말 크네요!"

"더 잘 달리기 위해서란다, 아가."

"할머니, 귀가 정말 크네요!"

"더 잘 듣기 위해서란다, 아가."

"할머니, 눈이 정말 크네요!"

"더 잘 보기 위해서란다, 아가."

"할머니, 이가 정말 크네요!"

"너를 먹기 위해서란다."

이 말을 하면서 나쁜 늑대는 빨간 모자 위로 달려들어 먹어 치웠습니다.

요정

어느 먼 옛날, 남편을 잃은 여인이 두 딸과 함께 살고 있었습니다. 첫째 딸은 여인의 얼굴과 분위기를 무척 닮아서, 그녀를 보고 있으면 여인을 보는 듯 착각할 정도였습니다. 이 첫째 딸과 여인은 언제나 기분이 나빠 있었고 매우 오만했습니다. 아무도 그녀들과 함께 살 수 없을 것 같았습니다. 반면 둘째 딸은 아버지를 닮아 성품이 부드럽고 성실했습니다. 게다가 세상에서 가장 아름다운 소녀였습니다. 본래 사람은 자신과 닮은 사람을 좋아하는 터라 여인은 첫째 딸을 애지중지했고, 둘째 딸은 굉장히 혐오했습니다. 그녀의 명령으로 둘째 딸은 언제나 식탁 위가 아닌 주방에서 밥을 먹었고 끊임없이 일했습니다.

가엾은 둘째 딸이 해야 할 수많은 일들 중 하나는 바로 하루에 두 번, 집에서 2킬로미터 떨어져 있는 샘에서 항아리 가득 물을 길어 오는 것이었습니다. 어느 날 그녀가 샘으로 갔을 때, 어떤 나이 든 여인이 둘째 딸에게 오더니 마실 것을 달라고 애원했습니다.

"네, 아주머니."

이 착한 소녀가 말했습니다. 그리고 즉시 항아리를 씻어 샘에서도 가장 깨끗한 물이 있는 곳에서 물을 길어다 나이 든 여인에게 건네주었습니다. 게다가 그녀가 쉽게 물을 마실 수 있게끔 계속 옆에서 항아리를 들어 주었습니다. 물을 다 마신 그녀는 소녀에게 말했습니다.

"참 예쁘고 착하고 올바른 아이로군요. 당신에게 선물을 주지 않을 수 없겠네요."

사실 이 여인은 소녀가 얼마나 착한지 지켜보려고 불쌍한

여인의 모습을 하고 있던 요정이었던 것입니다. 요정이 말을 이었습니다.

"선물을 줄게요. 당신이 말을 한 마디 두 마디 뱉을 때마다 당신의 입술 사이에서 꽃 한 송이, 보석 하나가 나올 거예요."

예쁜 소녀가 집에 돌아오자, 여인은 샘에서 너무 늦게 돌아왔다며 화를 냈습니다. 그러자 불쌍한 딸이 말했습니다.

"어머니, 죄송해요. 이렇게 늦게 돌아와서 죄송해요."

그런데 이 말을 하자 그의 입에서 장미 두 송이와 진주 두 개, 큰 다이아몬드 두 개가 나오는 것이었습니다. 크게 놀란 여인이 말했습니다.

"세상에나! 내가 지금 뭘 본 거지? 입에서 진주와 다이아몬드가 나온 것 같은데. 이것들이 다 어디에 있던 거니?"

그리고 여인은 첫째 딸을 와 보라고 불렀습니다. 가엾은 둘째 딸은 방금 있었던 일을 솔직하게 모두 여인에게 이야기했습니다. 그 와중에도 그녀의 입에서 다이아몬드가 끊임없이 쏟아져 나왔습니다. 여인이 말했습니다.

"그랬군. 첫째를 거기에 보내 봐야겠어. 이리 와 보렴, 아가.

너의 동생이 말할 때마다 입에서 나오는 것을 좀 봐. 너도 똑같은 선물을 쉽게 받을 수 있겠지? 그저 샘으로 물을 길러 간다음, 불쌍한 여자가 너에게 마실 것을 달라고 하면 예의 바르게 주기만 하면 되는 거야.”

그러자 첫째 딸이 요란하게 대답했습니다.

“지금 바로 갈게요. 샘으로 갈게요!”

어머니가 대답했습니다.

“어서 가렴, 지금 당장 말이다.”

첫째 딸은 신난 듯 떠들어 대며 샘으로 향했습니다. 손에는 집에서 가장 예쁜, 금으로 된 병이 들려 있었습니다. 오래지 않아 그녀는 샘에 도착했습니다. 그때 저쪽 숲에서 화려한 하게 치장한 공주가 나오더니 첫째 딸에게 마실 것을 달라고 부탁했습니다. 이 공주는 둘째 딸에게 나타났던 요정이었습니다. 이번에는 공주의 모습으로 나타나서 이 소녀의 무례함이 어디까지 갈 것인지를 보고 있던 것입니다. 난폭하고 오만한 소녀가 공주에게 말했습니다.

“내가 고작 당신따위에게 마실 걸 주려고 여기까지 온 줄 알아요? 난 나이 든 여인에게 마실 것을 주려고 특별히 금으로 된 병까지 들고 왔단 말이에요! 마시고 싶으면 마시든가."

그러자 요정이 침착하게 대답했습니다.

"당신은 전혀 친절하지 않군요. 좋아요! 이렇게 불친절한 당신에게 선물을 주겠어요. 당신이 말을 한 마디 두 마디 뱉을 때마다 당신의 입술 사이에서 뱀 한 마리, 두꺼비 한 마리가 나올 거예요."

어머니가 첫째 딸을 보자마자 외쳤습니다.

"어떠니, 딸아?"

"네, 어머니."

첫째 딸이 대답하자 두 마리의 독사와 두꺼비가 나왔습니다. 어머니가 소리 질렀습니다.

"세상에! 내가 지금 뭘 본 거지? 이게 다 둘째가 벌인 일이야! 반드시 대가를 치를 것이야."

그리고 어머니는 둘째 딸을 때리러 달려갔습니다. 가엾은 아이는 가까이에 있던 숲으로 달아났습니다. 그때 마침 사냥을 하러 숲으로 왔던 왕자가 그녀와 마주쳤습니다. 무척 예쁜

그녀를 보며 왕자는 물었습니다.

"여기서 무얼 하고 있나요? 왜 울고 있는 건가요?"

"아아! 어머니가 저를 집에서 내쫓았지 뭐예요."

왕자는 그녀의 입에서 대여섯 개의 진주와 다이아몬드가 떨어지는 것을 보더니 그 보석들이 어디서 나왔냐고 물었습니다. 둘째 딸은 자신이 겪었던 일을 모두 이야기해 주었습니다. 왕자는 점점 사랑에 빠지기 시작했습니다. 그리고 이 둘째 딸이 받은 선물은 어느 결혼 지참금보다도 훨씬 값어치가 나가는 것이라고 생각했습니다. 왕자는 아버지가 있는 왕궁으로 가서 그녀와 결혼했습니다.

한편 결국은 어머니에게서 내쫓긴 첫째 딸은 증오에 가득 차 있었습니다. 온 마을을 떠돌아다녔지만 자신을 선뜻 맞아 줄 사람을 찾지 못했습니다. 결국 그녀는 숲 속 구석에서 죽고 말았습니다.

푸른 수염

어느 먼 옛날 한 남자가 살고 있었습니다. 그는 마을과 시골에 예쁜 집들을 가지고 있었고, 금과 은으로 된 식기, 멋지게 수놓아진 가구들에다 화려한 마차까지 있었습니다. 하지만 슬프게도 이 남자는 수염이 푸른색이었습니다. 이 수염 때문에 그는 추하고 무시무시해 보였습니다. 그의 앞에서 도망가지 않는 여인은 한 명도 없었습니다.

그의 이웃에 품성이 좋은 여인이 살고 있었습니다. 그녀의 두 딸도 무척 예뻤습니다. 그는 이 두 딸들 중 한 명과 결혼하

고 싶었습니다. 둘 중 누가 그의 아내가 될 것인지는 딸들끼리 정하기로 했습니다. 그와의 결혼이 싫었던 두 딸들은 선뜻 나서지 않고 서로에게 미루기만 했습니다. 푸른 수염을 가진 남자를 남편으로 받아들이는 것은 결코 쉬운 일이 아니었습니다. 혐오스럽기도 했을뿐더러, 그와 결혼했던 수많은 여자들이 어떻게 됐는지 아는 사람이 아무도 없었습니다.

푸른 수염은 친구들을 서로 소개해 주기 위해 두 딸들과 그들의 어머니, 함께 아는 또래 여자 친구들 서너 명, 이웃의 젊은이들 몇 명을 데리고 시골에 있는 그의 별장에 가서 일주일 동안 지냈습니다. 산책을 하고 사냥이나 낚시도 하고, 저녁에는 춤을 추며 자그마한 축제를 벌이다가 만찬을 먹었습니다. 밤새도록 서로 장난을 하며 노느라 아무도 잠들지 않았습니다. 모든 것이 순조로웠습니다. 둘째 딸은 푸른 수염이 단지 수염만 푸른색일 뿐, 정직하고 올바른 남자라는 생각이 들었습니다. 마을로 돌아오자 푸른 수염과 둘째 딸은 즉시 결혼식을 올렸습니다.

한 달쯤 지났을 때 푸른 수염이 아내에게 말했습니다.

"출장 때문에 지방으로 내려가 봐야 해요. 적어도 6주는 걸릴 거예요. 내가 없는 동안 잘 지내야 해요. 당신의 친구들을 여기에 데려와도 좋고, 원한다면 친구들과 함께 시골집에 내려가도 돼요. 어디에 있든 즐겁게 지내세요.

그리고 이것 좀 보세요. 큰 창고 두 개를 여는 열쇠예요. 여기 평소엔 아껴 두는 금과 은으로 된 식기들이 있고요. 금괴와 돈이 담긴 내 금고는 여기 있어요. 이 작은 상자 안에는 보석들이 담겨 있고요. 이건 내 모든 집들을 드나들 수 있는 만능 열쇠예요. 또 이 작은 열쇠로는 지하에 있는 방을 열어 큰 화랑에 갈 수 있어요.

무엇이든 열어도 좋아요. 어디든 가도 괜찮아요. 하지만 지하에는 절대 들어가지 마세요. 부탁할게요. 만약 들어간다면 무척 화낼 거고, 누구도 내 화를 누그러뜨리지 못할 거예요."

그녀는 푸른 수염이 말한 모든 것을 지키겠다고 약속했습니다. 푸른 수염은 그녀를 한 번 포옹하고 나서 홀로 마차에 올라 여정을 시작했습니다.

혼자 남겨진 아내는 이웃 여인들과 친구들을 초대했습니다.

그녀의 집 안에 있는 모든 귀중품을 구경하고 싶어 안달이 난 여자들은 망설이지 않고 신혼부부의 집에 갔습니다. 푸른 수염을 무서워했던 그들은 그가 있을 때는 감히 이 집에 올 수 없었기 때문이었습니다. 곧 그들은 여기저기 방들과 옷들, 멋지고 값비싼 물품들을 제각기 훑어보았습니다. 창고로 올라간 여자들은 더욱 놀랐습니다. 바닥에 깔린 융단이며 침대, 소파, 옷장, 원탁, 식탁 등 모든 것들의 아름다움을 찬양하는 단어를 고르느라 여념이 없었습니다. 게다가 머리부터 발끝까지 다 비치는 전신 거울들의 테두리는 각기 유리, 은, 금으로 되어 있었습니다. 이렇게 예쁘고 화려한 것은 본 적이 없었습니다. 여자들은 끊임없이 친구의 행복을 부러워하며 과장된 말을 건넸습니다. 하지만 정작 그녀는 지하에 있는 방의 문을 열고 싶어 참을 수 없었던지라 값비싼 물건들을 봐도 즐겁지 않았습니다.

견딜 수 없는 호기심에 사로잡힌 그녀는 친구들도 내버려둔 채 비밀 계단을 내려갔습니다. 무척 서두른 탓에 두어 번 넘어질 뻔했습니다. 지하 방의 문 앞에 다다른 그녀는 멈춰 섰습니다. 남편이 그녀에게 들어가지 말라고 금지했던 것, 그것을 어기면 불행이 닥칠 지도 모른다는 것을 생각했습니다. 하지만 아무리 참으려 해도 그녀의 강한 욕망을 이길 수는 없었습니다. 그녀는 작은 열쇠를 쥐고 떨리는 손으로 그 방의 문을 열었습니다.

아무것도 보이지 않았습니다. 창문이 닫혀 어두웠기 때문입니다. 얼마 후 주변이 보이기 시작했습니다. 그런데 온 바닥에 피가 말라붙어 있었습니다. 그 위에는 여자들의 시체가 벽을 따라 줄지어 놓여 있었습니다. 푸른 수염과 결혼했던 여자들이었습니다. 푸른 수염은 차례차례 그녀들의 목을 벤 것이었습니다. 이 광경을 본 그녀는 죽을 만큼 두려웠습니다. 지하의 방 자물쇠를 열었던 열쇠는 그녀의 손에서 스르르 떨어졌습니다.

조금 뒤 그녀는 다시 열쇠를 주워 들고 문을 잠갔습니다. 정신을 차리려고 방으로 올라갔지만 얼떨떨해진 그녀는 머릿속에서 그 장면을 지울 수가 없었습니다.

그러다가 아까 그 방으로 들어갔을 때 열쇠에 묻은 피를 발견했습니다. 두세 번 문질렀지만 피는 지워지지 않았습니다. 아무리 씻으려고 해도 소용이 없었습니다. 모래나 바위에 문질러 봐도 피는 여전히 그대로였습니다. 그 열쇠는 마법에 걸린 열쇠였기에 완전히 닦아낼 수 없었던 것입니다. 한 쪽의 피를 닦아내도 다른 쪽에 피가 나타났습니다.

푸른 수염은 그날 저녁 다시 돌아왔습니다. 출장을 가던 중 그쪽과의 교섭이 유리하게 잘 마무리되었다는 편지를 받았다는 것입니다. 아내는 그가 빨리 돌아와서 기쁘다는 표현을 하느라 애를 먹었습니다.

다음 날이 되자 그는 아내에게 열쇠를 돌려 달라고 말했습니다. 아내는 무척 떨리는 손으로 열쇠를 건네주었습니다. 무슨 일이 있었다는 것을 금방 눈치 챈 푸른 수염이 말했습니다.

"작은 방을 여는 열쇠는 어디 있죠? 여기에 없는데요."

아내가 대답했습니다.

"아마 저 위 탁자에 올려 두었나 봐요."

그러자 푸른 수염이 말했습니다.

"어서 가져와요."

뜸을 들이려 했지만 결국엔 열쇠를 가져다주어야 했습니다. 푸른 수염은 고민해 보지도 않고 아내에게 말했습니다.

"왜 열쇠에 피가 묻어있는 거죠?"

가엾은 아내가 창백하게 질린 채 대답했습니다.

"전 아무것도 몰라요."

그러자 푸른 수염이 대답했습니다.

"아무것도 모른다고요, 전 알겠는데요. 이 방으로 들어가려고 했죠! 좋아요, 당신! 들어가 보세요. 당신이 봤던 여자들 옆에 자리를 마련해 드리죠."

아내는 남편 발밑에 엎드려 울면서 약속을 지키지 않은 것을 뉘우치며 용서를 구했습니다. 그녀의 눈물은 바위라도 녹일 것 같았지만, 푸른 수염의 심장은 그 어느 바위보다도 단단했습니다. 그가 말했습니다.

"죽어야겠어요. 당장."

그녀가 촉촉한 눈으로 그를 바라보며 말했습니다.

"죽어야 한다면 신께 기도드릴 시간을 잠깐만 주세요."

그러자 푸른 수염이 대답했습니다.

"15분 드리죠. 더 오래는 안 됩니다."

혼자 남겨진 그녀는 언니를 불러 말했습니다.

"나의 언니 앤, 부탁할게. 탑 꼭대기로 올라가서 내 오빠들이 오는지 봐 줘. 오늘 나를 보러 온다고 약속했거든. 만약 오빠들이 보이면 서둘러 달라고 말해 줘."

앤은 탑 꼭대기로 올라갔습니다. 불쌍한 동생은 괴로워하며 가끔씩 외쳤습니다.

"앤, 나의 언니 앤. 아무것도 보이지 않아?"

앤은 그녀에게 대답했습니다.

"반짝이는 태양과 초록 풀밭 말고는 아무것도 보이지 않아."

푸른 수염은 큰 칼을 쥐고 온 힘을 다해 아내에게 소리쳤습니다.

"당장 내려와! 아니면 내가 올라갈 테니."

"조금만 더요, 부탁할게요."

이렇게 대답한 아내는 다시 조그만 목소리로 말했습니다.

"앤, 나의 언니 앤, 아무것도 보이지 않아?"

앤은 대답했습니다.

"반짝이는 태양과 초록 풀밭 말고는 아무것도 보이지 않아."

푸른 수염이 외쳤습니다.

"당장 내려와. 아니면 내가 올라갈 거야."

"지금 가요!"

아내가 대답했다. 그리고 언니를 향해 말했습니다.

"앤, 나의 언니 앤, 아무것도 보이지 않아?"

앤이 대답했습니다.

"이쪽으로 오는 큰 먼지바람이 보여……."

"오빠들이야?"

"아아! 아니야. 내가 본 건 양떼였어."

이때 푸른 수염이 다시 외쳤습니다.

"내려오지 않을 건가?"

"조금만 더요!"

아내가 대답하고는 다시 언니에게 외쳤습니다.

"앤, 나의 언니 앤. 아무것도 보이지 않아?"

앤이 대답했습니다.

"이쪽으로 두 명이 말을 타고 오고 있어. 하지만 아직 너무 멀어."

"다행이야! 오빠들이야. 서둘러 오라고 손짓을 해야겠어."

그때 푸른 수염은 크게 소리쳤습니다. 온 집이 쩌렁쩌렁 울렸습니다. 가엾은 아내는 내려와서 그의 발밑에 엎드려 헝클어진 머리를 하고 목 놓아 울었습니다. 푸른 수염이 말했습니다.

"아무 소용없어. 죽어야겠어."

그리고 그는 한 손으로 그녀의 머리채를 잡고, 다른 손으로는 하늘을 향해 큰 칼을 올린 채 그녀의 목을 내려치려고 했습니다. 불쌍한 아내는 꺼져가는 눈빛으로 그를 바라보며 명상할 시간을 조금만 달라고 했습니다. 그러나 그가 말했습니다.

"아니, 안 돼. 신에게나 부탁하라고."

그는 팔을 들어 올렸습니다.

이때 문을 두드리는 소리가 들렸습니다. 푸른 수염은 동작을 멈췄습니다. 문이 열리고 말을 타고 있던 두 남자가 손에 검을 쥔 채 곧바로 푸른 수염에게 달려갔습니다. 푸른 수염은 그게 아내의 오빠들이라는 것을 알아챘습니다. 한 명은 기마병이었고 다른 한 명은 왕의 호위병이었습니다. 푸른 수염은 그 즉시 달아났습니다. 하지만 두 오빠들은 그를 가까이 뒤쫓았고, 층계에 다다르기 전에 그를 낚아챘습니다. 그들은 검을 휘둘러 푸른 수염을 죽였습니다. 죽기 직전 상태였던 가없은 아내는 오빠들을 안아 주기 위해 일어날 힘조차 없었습니다.

푸른 수염은 자손이 없었기에 아내가 그의 재산을 모두 받게 되었습니다. 그녀는 재산의 일부를 떼어 언니 앤이 오래 전부터 사랑해 왔던 남자와 결혼하게 해 주었습니다. 또 다른 일부로는 두 오빠들을 위해 군대의 대위 자리를 선물해 주었습니다. 그리고 나머지 재산으로는 그녀 자신이 정직한 남자와 결혼하는 데 사용했습니다. 남자는 그녀가 푸른 수염과 함께 했던 끔찍한 나날들을 잊게 해 주었습니다.

도가머리 리케

어느 먼 옛날, 한 나라의 왕비가 아들을 낳았습니다. 그런데 이 아들이 너무나도 못생기고 추해서 그가 인간인지 아닌지를 두고 논쟁을 벌일 정도였습니다. 그가 태어날 때 옆에 있던 요정은 이 아이가 지혜가 있기 때문에 모든 사람에게서 사랑을 받을 것이라고 확신했습니다. 또한 요정이 그에게 특별한 능력을 주었기 때문에 그가 가장 사랑하는 단 한 명에게도 자신의 지혜를 전해 줄 수 있을 것이라고 했습니다. 하지만 이것들 모두 왕비의 근심을 덜어 주지는 못했습니다. 이렇게 보기

흉한 아이를 낳았다는 사실에 무척 마음이 아팠습니다. 하지만 아이는 얼마 지나지 않아 말을 떼더니 곧 수천 가지의 멋진 단어들을 내뱉었습니다. 그리고 이 아이의 슬기로운 행동들은 모두를 매료시켰습니다. 또 미처 이야기하지 않았는데, 이 아이는 태어날 때부터 머리카락이 촘촘하게 나 있어서 사람들은 그를 부스스한 머리를 뜻하는 '도가머리'에다 그의 성씨를 붙여 '도가머리 리케'라고 불렀습니다.

그가 일고여덟 살쯤 되었을 때, 이웃 나라의 왕비가 두 딸을 낳았습니다. 첫째 딸은 태양보다도 예뻤기에 무척 기뻤던 왕비는 혹시나 자신의 과도한 기쁨이 아이를 다치게 하지는 않을까 걱정되었습니다. 리케가 태어났을 때 옆에 있었던 똑같은 요정이 이번에도 있었습니다. 요정은 기쁨을 자제하며 왕비에게 이 작은 공주에게 지혜라고는 조금도 없을 것이며, 예쁜 만큼 멍청할 것이라고 말했습니다. 이 말에 왕비는 모욕감을 느꼈습니다. 하지만 얼마 후 이보다 훨씬 더한 슬픔이 그녀를 사로잡았습니다. 그녀가 낳은 둘째 딸이 너무나도 못생겼던 것입니다.

요정이 왕비에게 말했습니다.

"너무 슬퍼하지 마세요. 그녀는 무척 지혜로운 아이가 될 거고, 그 지혜가 아름답지 않은 외모를 충분히 가려 줄 거예요."

왕비가 대답했습니다.

"부디 그렇게 되기를 빌어요. 하지만 그토록 아름다운 첫째 딸을 조금이라도 슬기롭게 할 방법은 없나요?"

그러자 요정이 말했습니다.

"그 부분에 관해서는 제가 할 수 있는 건 없어요. 하지만 아름다움에 관해서는 뭐든지 할 수 있지요. 당신을 만족시킬 만한 것은 아무것도 할 수 없지만 선물을 드리죠. 첫째 아이가 자신이 가장 사랑하는 한 명에게 아름다움을 줄 수 있도록 말이에요."

두 공주들은 점점 자랐습니다. 그들의 완벽함도 역시 성장해 갔습니다. 사람들은 모두 첫째의 아름다움과 둘째의 지혜에 감탄했습니다. 하지만 나이를 먹을수록 그들의 단점도 역시 커졌습니다. 둘째는 흘깃 보기만 해도 흉한 외모를 지녔고, 첫째는 하루가 다르게 멍청해졌습니다. 누군가가 첫째에게 뭔

가를 물어보면 그녀는 대답하지 않거나 어리석은 말을 했습니다. 그녀는 무척이나 미숙했습니다. 벽난로 위에 접시 네 개를 올려 둘 때도 항상 하나를 깨뜨렸고, 물을 마실 때는 항상 절반을 옷에 쏟았습니다. 젊은 사람에게 있어 아름다움은 최고의 장점이지만, 둘째는 이 미숙한 언니를 항상 데리고 다녀야 했습니다. 맨 처음 이 자매를 보면 대부분이 처음에는 첫째의 곁에 서서 아름다움을 찬양하지만, 얼마 지나지 않아 재치 있는 둘째에게로 가서 그녀의 수천 가지 유쾌한 말들을 들었습니다. 15분도 채 안 돼서, 첫째 옆에는 아무도 없고 둘째 주변으로 모두들 옹기종기 모여 있는 것을 보고 사람들은 놀랐습니다. 아무리 우둔하다고 해도 첫째 역시 이 사실을 익히 알고 있었습니다. 자신의 모든 아름다움을 바쳐 둘째가 가지고 있는 지혜의 절반만이라도 얻고 싶었습니다. 현명한 왕비조차 자신도 모르게 이 첫째의 어리석음을 몇 번이고 비난했습니다. 그로 인해 첫째는 죽을 듯한 고통에 시달렸습니다.

어느 날 첫째는 슬픔을 한탄할 곳을 찾아 숲 속에 몸을 숨겼습니다. 그러다가 작은 남자를 보게 되었습니다. 몹시 추하고

못생겼지만 정말 멋진 옷을 입고 있었습니다. 바로 도가머리 리케였습니다. 리케는 사람들 사이에서 떠도는 이 첫째의 초상화를 보고 그녀를 사랑하게 되었다. 그녀를 만나서 말하고 싶다는 생각에 아버지의 왕국에서 도망쳐 나온 상태였습니다. 단둘이 그녀와 마주하게 된 리케는 기쁨에 들떠 최대한 공손하게 그녀에게 접근했습니다. 평범한 인사말을 건네고 보니 그녀는 무척이나 우울해 보였습니다. 리케가 물었습니다.

"아가씨, 당신처럼 아름다운 분이 이토록 슬퍼하시다니 그 이유를 모르겠습니다. 저는 아름다운 사람들을 수없이 많이 봐 왔습니다. 그에 대해 자랑스럽게 여기기도 하지요. 하지만 그 누구도 당신의 아름다움에는 미치지 못했다고 확실히 이야기할 수 있습니다."

"그런 말을 해 주시다니 감사합니다."

공주가 대답했습니다. 그리고 아무 말도 하지 않았습니다. 그러자 도가머리 리케가 다시 입을 열었습니다.

"아름다움은 최고의 장점이죠. 다른 모든 것을 대신할 수 있습니다. 만약 아름다움을 가지면 그 어떤 것도 우리를 고통스럽게 하지 못할 것입니다."

그러자 공주가 대답했습니다.

"저는 차라리 당신처럼 못생겼더라도 지혜로웠으면 좋겠어요. 저처럼 예쁘지만 어리석은 것보다 훨씬 좋아요."

"아가씨, 지혜로운 사람인지 지혜롭지 못한 사람인지 구별할 수 있는 건 아무것도 없어요. 그리고 지혜는 많이 가진 사람일수록 자신이 갖고 있지 않다고 여기는 게 당연해요."

공주가 말했습니다.

"모르겠어요. 하지만 제가 무척 멍청하다는 건 알아요. 그것 때문에 괴로워 죽을 것만 같아요."

"아가씨, 당신을 고통스럽게 하는 것이 그 이유뿐이라면 제가 그 고통을 덜어 드려 편안히 해 드릴 수 있습니다."

그러자 공주가 물었습니다.

"어떻게요?"

도가머리 리케가 말했습니다.

"아가씨, 저에게는 다른 사람에게 지혜를 줄 수 있는 능력이 있답니다. 가장 사랑하는 사람 단 한 명에게요. 그 사람이 바로 당신이랍니다, 아가씨. 당신이 지혜롭지 못한 그 단점 하나에만 사로잡혀 있다면, 당신이 저와 결혼 하는 것만으로 해결할 수 있습니다."

그러자 공주는 얼떨떨해져서 아무 말도 하지 않았습니다. 조금 뒤 도가머리 리케가 다시 입을 열었습니다.

"알겠습니다. 이 제안이 당신을 곤란하게 만든 것 같군요. 전 놀라지 않았습니다. 당신에게 생각할 시간을 일 년 드리죠."

하지만 분별력이 무척 떨어졌던 공주는 지금 당장 지성과 재치를 가지고 싶었습니다. 그리고 일 년의 끝이 절대 오지 않을 거라고 생각했습니다. 그래서 그녀는 당장 제안을 받아들였습니다. 그리고 곧 도가머리 리케와 다음 해 같은 날에 결혼하기로 약속했습니다. 그녀가 이전에는 느끼지 못했던 주변의 모든 것들이 눈에 들어오기 시작했습니다. 그를 즐겁게 해줄 말들을 생각해 내는 것이 놀라울 만큼 쉬웠습니다. 고급스러운 단어도 쉽고 자연스럽게 구사할 수 있었습니다. 그때부터 그녀는 도가머리 리케와 정중하고 고상한 대화를 나눴습니다. 그녀는 그야말로 빛을 발했습니다. 도가머리 리케는 자신이 가진 것보다 더 많은 지혜를 그녀에게 준 것 같은 기분이 들었습니다.

공주는 왕궁으로 돌아왔습니다. 모두들 그녀의 갑작스럽고 기이한 변화를 어떻게 생각해야 할지 몰랐습니다. 이제 그녀는 엉뚱한 말을 하지도 않았고, 이치에 맞고 유쾌한 말들만 했습니다. 아무도 상상하지 못했던 이 상황에 모두들 즐거워했습니다. 다만 둘째만은 전혀 기쁘지 않았습니다. 첫째보다 나은 점은 자신의 지혜 하나밖에 없었기 때문에 이제 추한 자신의 주변에는 아무도 오려 하지 않는 것 같았습니다. 왕도 첫째의 의견에 따라 나라를 통치했고, 가끔 첫째의 거처에서 회의를 열기도 했습니다. 이런 소문은 나라에 널리 퍼졌습니다. 이웃 나라의 모든 왕자들이 그녀의 입맛에 맞추기 위해 노력했으며 거의 모두가 그녀에게 청혼했습니다. 하지만 그녀는 충분한 지성을 가진 사람을 찾지 못했고 결국 아무와도 약혼하지 않은 채 그들의 말을 듣기만 했습니다.

그러나 권력도 있고 돈도 많은데다가 지성도 있고 품성도 좋은 남자가 나타났습니다. 그녀는 이 남자에게 끌릴 수밖에 없었습니다. 그녀의 아버지도 이 남자가 첫째 딸에게 딱 맞는 신랑감인 것을 알아보고는 그녀에게 의사를 물어보았습니다. 이렇게 중대한 결정을 할 때는 더 많이 생각해야 하고 더 많이 고통스러워하듯, 그녀도 아버지께 감사의 말을 전하고는 생각할 시간이 필요하다고 했습니다.

어떻게 할 것인지 곰곰이 생각해 보기 위해 그녀는 숲에 들어갔습니다. 그리고 우연히 그 숲에는 도가머리 리케도 있었습니다. 생각에 잠긴 채 걷고 있는데 그녀의 발밑에서 묵직한 소리가 들렸습니다. 마치 수많은 사람들이 오가며 소란을 피우는 소리 같았습니다. 공주가 주의 깊게 들어 보니 이런 소리가 들렸습니다.

"그 냄비를 가지고 와."

"그 가마솥 좀 건네 줘."

"이 화덕에 장작을 넣으렴."

그와 동시에 땅이 열렸습니다. 그녀는 발밑에 거대한 주방이 있는 것을 보았습니다. 요리사와 냄비로 가득한 주방에는 큰 만찬을 준비하기 위한 각종 종업원이 들어차 있었습니다.

그리고 요리사들이 이삼십 명 정도 나와서 숲 속 오솔길로 들어가더니 기나긴 탁자 주변에 버티고 서 있었습니다.

모두들 긴 꼬챙이를 하나씩 들고, 머리 위에는 요리사 모자를 쓴 채 박자에 맞춰 즐거운 노래를 부르며 일을 하고 있었습니다.

이 광경에 놀란 공주는 그들이 누구를 위해 일하는지 물었습니다. 그러자 무리 중 가장 눈에 띄는 한 명이 대답했습니다.

"도가머리 리케 왕자님을 위한 것입니다."

그는 자랑스럽다는 듯 덧붙였다.

"내일 결혼식이 있거든요."

공주는 무척 놀랐습니다.

딱 일 년 전 자신이 도가머리 리케와 결혼하겠다고 약속했던 것을 기억해 내고는 소스라치게 놀랐습니다.

공주가 이 약속을 했을 때 그녀는 바보였습니다. 그리고 왕자가 자신에게 새로운 지성과 재치를 준 뒤로는 자신이 이전에 했던 어리석은 행동들은 새까맣게 잊고 있었던 것입니다. 그렇기에 그때 했던 왕자와의 결혼 약속도 잊어버리고 있었습니다. 그녀는 다시 발걸음을 옮겼습니다.

그런데 서른 발자국도 가기 전에 도가머리 리케가 눈앞에 나타났습니다. 결혼을 앞둔 왕자답게 가장 용감하고 멋들어진 차림을 하고 있었습니다.

리케가 진지하게 말했습니다.

"아가씨, 저는 약속을 지켰습니다. 그리고 당신도 약속대로 올 것이라고 믿어 의심치 않았습니다. 당신이 제게 손을 내밀어 세상 가장 행복한 남자로 만들어 줄 것을 믿습니다."

그러자 공주가 대답했습니다.

"단호하게 말할게요. 전 아직 결정하지 못했어요. 그리고 결정을 한다 해도 당신이 원하는 것은 얻지 못할 거예요."

"그것 참 놀랍군요."

리케가 말하자 공주도 입을 열었습니다.

"저도 알아요. 하지만 만약 제가 난폭하고 멍청한 남자와 결혼한다면 분명 전 난처해질 거예요. 그런 남자는 '공주님, 분명 약속하셨으니 당신은 나와 결혼해야 합니다. 약속을 지켜야지요.' 하며 화를 내겠죠.

그러나 당신은 똑똑하고 슬기로운 사람이니 제 이야기를 들어줄 거라 믿어요.

당신도 아시다시피 저는 바보에 불과했고, 바보였던 저는 당신과 결혼하겠다는 결정을 내릴 수밖에 없었어요. 그렇지만 저는 이제 당신에게서 지혜를 얻었어요. 결혼하겠다는 약속을 했던 바보 시절의 저보다, 지금은 더 어렵고 복잡한 사람이 되었답니다. 그러니 바보 시절에 했던 생각과 같은 생각을 지금도 해야 할 필요는 없잖아요?

정말로 저를 당신의 아내로 맞길 원한다면, 제 어리석음을 일찍 벗겨준 게 큰 잘못이었어요. 제가 이전보다 세상을 더 지혜롭게 바라볼 수 있게 해 준 것이 잘못이라고요."

그러자 도가머리 리케가 대답했습니다.

"당신이 방금 이야기했듯이 멍청한 사람도 당신이 약속을 어긴 것에 대해 나무라는데 왜 나는 안 되죠? 왜 당신은 제 삶의 모든 행복이 걸린 이 문제를 어기려는 것에 대해서 제가 당신을 비난하지 않았으면 좋겠다고 생각하는 거죠? 똑똑하고 슬기로운 사람들은 그렇지 않은 사람들보다 더 행복하지

않아야 한다는 게 타당한 일인가요? 많이 가졌고, 많이 가졌기에 무척 행복해하는 당신이 이런 말을 해도 되는 건가요? 이제 진실로 돌아와 봅시다. 제가 추하게 생겼다는 것 외에 당신의 마음에 들지 않는 다른 무언가가 더 있나요? 제가 태어난 것, 제 지능, 제 지혜, 제 모든 것이 마음에 들지 않나요?"

공주가 대답했습니다.

"아니요. 당신이 말한 모든 것이 좋아요."

그러자 도가머리 리케가 다시 말했습니다.

"그렇다면 전 행복해질 수 있을 겁니다. 왜냐하면 당신은 저를 이 세상 모든 남자들보다 훨씬 마음에 들게끔 만들 수 있거든요."

"어떻게 그럴 수가 있죠?"

"아가씨, 제가 태어나던 날 왔던 요정이 당신에게도 가서 선물을 내린 것을 알고 있을 겁니다. 저에게는 제가 가장 사랑하는 사람에게 지혜를 줄 수 있는 능력을 주었어요. 만약 당신이 저를 충분히 사랑하고 더 고민하지 않는다면, 당신이 가장 사랑하는 사람에게 아름다움을 줄 수 있답니다."

그러자 공주가 말했습니다.

"정말 그렇다면 당신이 가장 멋지고 호감 가는 왕자가 되길 바랄게요. 당신이 제게 선물을 줬듯이 저도 당신에게 선물을 드리겠어요."

공주가 이 말을 마치자마자, 그녀의 눈에 도가머리 리케는 가장 멋지고 아름다운 남자로 보였습니다.

몇몇 사람들은 이것이 요정이 준 매력이 아니라고 단언했습니다. 사랑만이 오직 이 변화를 가능하게 만들 수 있다고요. 그들의 말에 의하면 공주는 연인의 끈기에 대해 곰곰이 생각해 봤고, 그의 영혼과 성품의 좋은 면만을 보게 되어 추한 몸과 못생긴 얼굴이 더는 그녀의 눈에 보이지 않았다는 것입니다. 그의 굽은 등은 넓은 등을 가진 남자만큼 멋있어 보였고, 지독히도 다리를 저는 것 대신 그를 빛나게 하는 장점만이 그녀의 눈에 보이게 되었습니다. 사시인 그의 눈도 그녀의 눈엔 가장 아름답게 빛났고, 넘치는 사랑으로 인한 이 이상한 현상은 그의 크고 붉은 코도 용감하고 장렬하게 보이게 했습니다.

어찌됐든 공주는 즉시 그와 결혼하기로 약속했고 공주의

아버지인 왕의 동의를 구했습니다. 왕은 딸이 도가머리 리케를 무척 존경하는 것을 눈치 챘고, 또 이 왕자가 무척 영리하고 현명하다는 것을 알고는 기뻐하며 결혼을 승낙했습니다. 다음 날, 도가머리 리케가 오래 전부터 예견하고 준비해 왔던 결혼식이 거행되었습니다.

당나귀 가죽

어느 먼 옛날, 세상에서 가장 강한 왕이 살고 있었습니다. 평온할 때에는 무척 상냥하고, 전쟁에서는 몹시 용맹했습니다. 누구와도 비교할 수 없는 멋진 왕이었습니다. 이웃 나라들은 모두 그를 두려워했고, 동맹국들은 그가 있어 안심했습니다. 모두들 그의 종려나무 그늘 아래서 덕망과 예술이 꽃을 피우는 것을 지켜보았습니다. 그의 사랑스러운 반쪽이자 충실한 아내는 무척 매력적이고 아름다운데다, 순하고 부드러운 마음씨를 지니고 있었습니다. 왕은 왕비와 함께일 때면 왕이 아닌 행복한 남편이 되었습니다. 온화하고 정결한 그들의 결혼에 덕망 높은 딸이 하나 태어났습니다. 더 많은 아이들을 가지지 못했지만 그들은 서로 위로하며 평화롭게 지냈습니다.

왕의 넓고 호화로운 왕궁은 웅장함 그 자체였습니다. 특히 신하들과 하인들은 활기가 넘쳤습니다. 왕의 마구간 안에는 금으로 수를 놓은 마의로 치장한 크고 작은 말들로 가득했습니다. 하지만 마구간에 들어오는 모든 사람들을 놀라게 하는 것이 하나 있었습니다. 마구간에서 가장 눈에 띄는 당나귀가 커다란 두 귀를 늘어뜨리고 있는 것이었습니다. 도저히 있을 수 없는 일이라고 생각하겠지만, 이 당나귀의 비범한 능력을 알게 된다면 이 정도는 감수할 만하다고 여길 것입니다. 조물주가 이 당나귀를 정말 깨끗하게 빚은 덕에 매일 아침 당나귀가 일어날 시간에 짚더미를 정리하러 마구간에 가면 배설물 대신 각종 금화들이 있는 것이었습니다.

그러나 가끔 하늘은 행복한 인간에게 몇 가지 불행을 뒤섞어 맑은 하늘에 비를 뿌리게 합니다. 즐거운 나날들을 보내고 있던 왕비가 갑자기 아프기 시작한 것입니다. 모두들 사방에

도움을 청했습니다. 하지만 그리스인 학자들도 거리의 약장수들도 이 불행의 불길을 멎게 할 수 없었습니다. 왕비의 열은 계속 올라가기만 했습니다. 임종의 시간이 가까워 오자 왕비가 왕에게 말했습니다.

"제가 죽기 전에 마지막으로 부탁 하나만 들어주세요. 제가 더 이상 세상에 없을 때 당신이 재혼하고 싶은 마음이 드신다면……."

그러자 왕이 말했습니다.

"아! 지나친 걱정입니다. 그런 일은 평생 생각지도 않을 것입니다. 안심하세요."

왕비가 다시 말했습니다.

"저도 당신 말을 믿어요. 당신의 열렬한 사랑을 느낄 수 있어요. 하지만 당신의 사랑을 더욱 확실히 하고 싶어요. 제게 맹세해 주세요. 저보다 더 아름답고 착하고 현명한 여인을 보신다면, 언제나 그 부드러운 마음을 주저하지 말고 그녀에게 주세요. 그리고 그녀와 결혼하세요."

왕비의 확실한 태도에 왕은 이 맹세를 다시는 결혼하지 않겠다는 맹세로 받아들였습니다. 그리하여 왕은 눈물을 쏟으며 맹세했습니다. 왕비가 원했던 모든 것을 해 준 것이었습니다. 왕비는 왕의 품속에서 죽었습니다. 어떤 남편도 이 왕처럼 소란을 피우지는 않았을 것입니다. 밤이며 낮이며 왕은 통곡했습니다. 사람들은 왕의 슬픔이 오래 가지 않을 거라고 생각했습니다. 왕은 빨리 이 일에서 벗어나고 싶어 안달난 사람처럼, 사랑하는 사람의 죽음에 울고 또 울었습니다.

사람들의 생각이 맞았습니다. 몇 달 후 왕은 새로운 신부를 찾아 나섰습니다. 쉬운 일은 아니었습니다. 얼마 전 세상을 뜬 왕비보다도 더 아름답고 매력적인 여인이어야 했습니다.

미인들로 가득한 왕궁에서도, 시골에서도, 도시에서도, 주변 나라에서도 그런 여인을 찾을 수가 없었습니다. 그러나 한 명, 왕의 딸인 공주만이 왕비보다도 예뻤고 왕비가 가지지 못했던 부드러운 면들도 가지고 있었습니다. 왕은 공주를 보고는 극단적인 사랑에 불타 그녀와 결혼하겠다고 알렸습니다. 게다가 그는 이 일이 정당하다고 증명할 수 있는 신학자까지 찾아냈습니다. 이 소식을 듣고 슬픔에 잠긴 어린 공주는 밤낮

을 한탄하며 울었습니다.

고통에 휩싸인 영혼을 안고 그녀는 대모를 찾아갔습니다. 대모는 멀리 떨어진 곳에 조개와 산호로 화려하게 장식된 동굴에서 살고 있었습니다. 그녀는 세상에서 가장 뛰어난 요정이었습니다.

이 시대에 요정이 어떤 존재였는지 설명할 필요는 없을 것입니다. 당신의 어머니나 할머니도 분명 당신이 어렸을 때부터 요정 이야기를 했을 테니 말입니다.

요정은 공주를 보며 말했습니다.

"당신이 왜 여기 찾아왔는지 알고 있습니다. 깊은 슬픔에 잠긴 당신의 마음도 알고 있습니다. 이제 저와 함께라면 더는 걱정하지 않으셔도 됩니다. 제 조언에 따르기만 한다면 아무도 당신을 괴롭히지 못할 거예요. 당신의 아버지인 왕께서는 당신과 결혼하고 싶어 해요. 그건 사실입니다. 그 이상한 요구를 들어주는 건 엄청난 잘못이에요. 하지만 왕의 말씀에 거역하지 않고도 그의 청혼을 거절할 수 있어요. 왕에게 이렇게 말하세요. '전하의 사랑에 제 마음을 드리기 전에, 제게 시간의 빛

깔을 담은 드레스를 만들어 주세요'라고요. 왕의 힘과 재산을
다 동원해도, 하늘이 왕의 기도를 들어준다고 해도 절대 이 약
속은 지키지 못할 겁니다."

곧바로 공주는 두려움에 떨며 사랑에 빠진 아버지에게 그
대로 말했습니다. 왕은 그 즉시 가장 유명한 재단사들을 불러
서 시간의 빛깔을 담은 드레스를 만들어 오라고 명령한 뒤,
그렇지 못하면 모두 목을 매달겠다고 단언했습니다.

다음 날, 해가 뜨기도 전에 재단사들은 드레스를 가지고 왔
습니다. 커다란 황금빛 구름 사이로 보이는 하늘의 멋진 파란
색도 이 드레스의 색깔보다 아름답지 않았습니다. 기쁨과 동
시에 고통에 빠진 공주는 어떤 말을 해야 할지도 몰랐고 약속
에서 빠져나갈 방법도 알 수 없었습니다. 그때 대모가 낮은 목
소리로 공주에게 속삭였습니다.

"공주님, 달보다 더 빛나면서도 진부하지 않은 빛을 담은 드
레스를 만들어 달라고 하세요. 왕은 절대 당신에게 만들어 주
지 못할 겁니다."

공주는 그대로 왕에게 전달했고, 왕은 다시 재단사들에게

말했습니다.

"밤의 달보다 더 빛나는 드레스를 만들어 와라. 정확히 나흘 안에 가져와야 한다."

화려한 드레스는 바로 그날 완성되었습니다. 왕이 명령한 그대로였습니다. 밤의 베일에 둘러싸인 하늘의 달조차도 이 드레스보다는 아름답지 않았습니다. 달이 재빠르게 움직이는 한가운데 가장 강한 빛에 별빛이 약해졌습니다. 공주는 이 아름다운 드레스에 감탄하고는 거의 왕의 청혼을 받아들일 뻔했습니다. 그러나 대모가 속삭이는 말을 듣고 공주는 다시 왕에게 말했습니다.

"전하, 태양의 빛깔을 담은 드레스를 만들어 주지 않으면 만족할 수 없습니다."

공주에게 푹 빠져 있던 왕은 즉시 부유한 보석 세공인을 불러 황금과 다이아몬드로 된 천을 이용해서 드레스를 만들게 했습니다. 왕을 만족시키지 못할 경우에는 고통스럽게 죽어갈 것이라고도 했습니다.

왕은 보석 세공인에게 고통을 줄 필요도 없었습니다. 그 주가 가기도 전에 솜씨 좋은 세공인이 섬세하고 아름다우면서도 선명하게 빛나는 옷을 만들어 온 것이었습니다. 황금 마차를 타고 둥근 하늘 위를 산책하는 금발의 아름다운 신도 이 드레스보다 눈부시지는 않을 것이었습니다.

이 선물들에 무척 당황한 공주는 아버지에게, 왕에게 뭐라고 대답해야 할지 알 수 없었습니다. 곧바로 대모가 공주의 손을 잡고 끌어당기며 귀에 속삭였습니다.

"이 아름다운 것들에 넋이 나가면 안 돼요. 공주님도 알고 계시는, 왕의 돈을 끊임없이 채워주는 금화 낳는 당나귀가 없었더라면 이 아름다운 선물들을 받을 수 있었을까요? 이번에는 이 특별한 당나귀의 가죽을 달라고 해 보세요. 왕의 재산이 달린 당나귀이기에 절대 줄 수 없을 겁니다. 아니면 제가 잘못 생각한 거고요."

대모는 무척 지혜로웠습니다. 하지만 그녀조차도 열정적으로 사랑에 빠진 사람이 사랑을 위해서라면 금이나 은도 하찮게 여길 수 있다는 것은 모르고 있었습니다. 곧바로 공주가 요구한 대로 당나귀의 가죽은 정중하게 그녀에게 바쳐진 것이었습니다.

당나귀 가죽을 받자 공주는 겁에 질린 채 자신의 고통스러운 운명을 한탄했습니다. 대모가 공주에게 말했습니다.

"옳은 일을 할 때는 두려워하지 마세요. 왕에게는 결혼식을 할 모든 준비가 되어 있다고 말하세요. 하지만 결혼식을 올릴 시간에 홀로 변장하고 먼 나라로 떠나야 합니다. 이렇게 가까이 다가온 끔찍한 운명을 피해야 해요. 자, 여기 큰 금고가 있어요. 여기에 당신의 옷과, 거울, 다이아몬드, 루비들을 넣읍시다. 제 마법 지팡이를 드리겠습니다. 이걸 손에 쥐면 금고는 땅 밑에 숨어서 항상 공주님을 따라다닐 겁니다. 금고를 열고 싶을 때는 지팡이를 땅에 갖다 대세요. 바로 눈앞에서 금고가 나타나 열릴 거예요. 사람들이 당신을 알아보지 못하는 데 이 당나귀 가죽이 좋은 가면이 될 거예요. 이 가죽 안에 숨어 가세요. 무서운 가죽이니까 아무도 아름다운 공주가 숨어 있을 거라고는 상상하지 못할 겁니다."

공주는 현명한 요정의 동굴을 나와 변장한 채로 길을 떠났습니다. 상쾌한 아침 내내 왕은 행복한 결혼식을 위해 만반의 준비를 했습니다. 하지만 곧 자신의 불길한 운명을 알아챘습니다. 사람들은 집이며 모든 거리를 샅샅이 뒤졌지만 아무런 소용도 없었습니다. 공주가 어떻게 되었는지 짐작할 수도 없었습니다.

온 왕국에 어두운 슬픔이 뒤덮였습니다. 결혼식도 없고, 축제도 없고, 타르트도 과자도 없었습니다. 왕궁의 부인들은 대부분 낙담한 나머지 아무것도 먹지 않았습니다. 하지만 그중에서도 사제의 슬픔은 무척이나 컸습니다. 너무 늦게 아침 식사를 한 데다 기부금도 전혀 받지 못했기 때문입니다.

공주는 계속 길을 걸었습니다. 얼굴에는 더러운 때가 가득했습니다. 공주는 지나가는 사람들에게 동냥을 했고, 하녀 자리를 얻기 위해 애썼습니다. 하지만 둔한 사람들부터 가장 불행한 사람들까지, 이렇게 더럽고 을씨년스러운 소녀를 집에 데려가고 싶어 하지 않았고, 그녀의 말을 들으려고도 하지 않았습니다.

공주는 멀리, 더 멀리, 더욱더 멀리 떠났습니다. 마침내 공주는 농가에 도착했습니다. 그 집의 부인은 걸레도 잘 빨고 돼지의 여물통도 잘 닦는 더러운 하녀가 필요했던 참이었습니다. 공주는 부엌 구석에 던져졌습니다. 다른 하인들은 벌레처럼 그녀를 괴롭히고 놀려댔습니다. 공주에게 어떤 고통을 주는지도 모르면서 집요하게 그녀를 공격했습니다. 그녀는 항상 그들의 조롱과 허황된 말들의 대상이었습니다.

일요일에는 공주가 조금 쉴 수 있었습니다. 아침에 잡다한 일을 하고난 뒤, 공주는 방에 들어가 문을 잠그고는 몸을 씻었습니다. 그리고 금고를 열어 정성껏 옷을 입었습니다. 만족스럽게 큰 거울 앞에 서서 때로는 달빛 드레스를 입고, 때로는 태양빛 드레스, 또 때로는 하늘빛보다도 더욱 아름다운 드레스를 입어보았습니다. 한 가지 슬픈 것은 좁은 바닥에 드레스의 기다란 끝을 다 펼쳐보지 못한다는 것이었습니다. 그녀는 젊고 아름답고 순결하며, 누구보다 상냥한 자신을 보며 기쁨에 잠겼습니다. 이 작은 즐거움 덕에 그녀는 다음 일요일을 기다리며 일주일을 버틸 수 있었습니다.

이 넓은 농장에는 훌륭하고 힘찬 왕의 가축들도 있었습니다. 닭, 뜸부기, 뿔닭, 가마우지, 사향새, 새끼 거위, 암컷 오리

를 비롯한 각종 새들이 각기 다른 모습을 하고 농장을 메우고 있었습니다.

왕의 아들은 사냥에서 돌아올 때면 자주 왕궁의 귀족들과 함께 이 기분 좋은 농장에 들러 얼음물을 마셨습니다. 신화 속 남자도 이 왕자보다는 멋지지 않았을 것입니다. 그는 장엄한 분위기를 풍겼고, 늠름한 외모는 전쟁터의 가장 용감한 군사들도 두려움에 떨게 할 정도였습니다. 당나귀 가죽을 뒤집어 쓴 공주는 멀리서 애정을 담아 그를 지켜보았습니다. 이런 자신의 대담한 행동에 놀란 공주는 아무리 자신이 누더기를 걸친 더러운 사람이어도 여인의 마음을 지니고 있다는 사실을 깨달았습니다. 그녀는 혼자서 중얼거렸습니다.

"왕자님이 얼마나 멋지고 다정한지 왕자님 자신은 모르고 계시겠지. 왕자님의 마음을 사로잡을 아름다운 여인은 얼마나 행복할까! 내게 보잘것없는 드레스를 하사하신다면, 내가 가진 그 어떤 옷들보다도 아름다울 텐데."

어느 날, 왕자는 발길 닿는 대로 가축우리 여기저기를 돌아다니고 있었습니다. 그러다 당나귀 가죽의 초라한 거처가 있는 어두운 통로를 지나가게 되었습니다. 왕자는 우연히 열쇠 구멍으로 안을 들여다보았습니다. 그날은 축제가 있을 날이었기에 공주는 값비싼 장신구를 두르고 아름다운 옷을 입고 있었습니다. 금과 커다란 다이아몬드로 만들어진 드레스는 태양빛보다도 더 순수하게 빛났습니다. 왕자는 마음껏 그녀를 바라보았습니다. 그는 기쁨으로 가득 차 숨을 쉴 수조차 없었습니다. 그녀의 옷가지들은 물론이고, 아름다운 얼굴, 멋진 자태, 새하얀 피부, 날씬한 몸매, 싱그러운 젊음. 이 모든 것들이 왕자를 백배는 더 감동하게 만들었습니다. 위엄 있는 그녀의 자태, 현명하고 겸손하며 신중한 모습, 그녀의 영혼이 아름답다는 갖가지 증거들이 그의 마음을 지배했습니다.

왕자는 들어가고 싶은 마음에 사로잡혀 세 번이나 문을 열고 싶었습니다. 하지만 그는 여신을 보는 거라 생각하며, 세 번 모두 존경심을 가지고 팔을 멈췄습니다.

왕자는 생각에 잠긴 채 왕궁으로 돌아와서는 밤이며 낮이며 한숨만 쉬었습니다. 축제 기간인데도 무도회에 가고 싶지 않았습니다. 그는 이제 사냥도, 연극도 증오했으며 식욕도 없었습니다. 모든 것이 그의 마음을 아프게 했습니다. 이 아픔 속 깊은 곳에는 극도의 쓸쓸함과 우울함이 자리 잡았습니다.

왕자는 그 아름다운 여신이 누구였는지 조사했습니다. 한낮에도 거의 보이지 않는 사육장의 어두운 통로에 사는 이 여신에 대해 물어보니 사람들은 대답했습니다.

"그녀는 당나귀 가죽이에요. 여신도 아니고, 예쁘지도 않아요. 그녀가 항상 얼굴에 당나귀 가죽을 뒤집어쓰고 다니기 때문에 모두들 그녀를 당나귀 가죽이라고 불러요."

하지만 사랑이 묘약이라는 것은 존재했습니다. 당나귀는 늑대 다음으로 추한 짐승이었지만, 그는 그 말을 믿지도 않았습니다. 사랑하는 그녀의 모습은 언제나 왕자의 기억 속에 남아 지워지지 않았습니다.

그의 어머니인 왕비는 자식이 왕자 하나밖에 없었기에 울며 절망할 수밖에 없었습니다. 그녀가 왕자에게 어째서 아픈 것이냐고 다그쳐도 소용없었습니다. 왕자는 신음을 하며 울거나 한숨만 지었습니다. 아무 말도 하지 않았습니다. '당나귀 가죽이 만든 케이크를 먹고 싶다'는 말밖에는 하지 않았습니

다. 왕비는 아들이 무엇을 원하는지 알 수 없었습니다. 사람들이 왕비에게 말했습니다.

"오 하늘이시여! 왕비님, 당나귀 가죽은 세상에서 가장 더럽고 두더지보다도 추한 하인입니다."

그러자 왕비는 대답했습니다.

"그런 건 중요하지 않아요. 왕자를 기쁘게 해 주는 데에만 신경 써야 해요."

아들을 무척이나 사랑했던 왕비는 왕자가 먹고 싶어 한다면 금이라도 먹게 해줄 것이었습니다.

그래서 당나귀 가죽은 고운 반죽을 만들고자 체에 친 밀가루를 가져왔습니다. 신선한 소금, 버터, 달걀도 준비했습니다. 멋진 케이크를 만들고자 그녀는 작은 방에 틀어박혔습니다.

우선 그녀는 손과 팔, 얼굴을 깨끗이 씻었습니다. 더욱 의연하게 케이크를 만들고자 그녀는 달빛 드레스도 입었습니다. 그리고 즉시 요리를 시작했습니다.

사람들은 당나귀 가죽이 몹시 서두르다가 우연찮게 자신의 값비싼 반지를 반죽 안에 떨어뜨렸다고 했습니다. 하지만 이 이야기의 결말을 아는 사람들은 그녀가 일부러 반지를 넣은 것이라고 확신했습니다. 나도 확실히 그 편을 믿습니다. 왕자가 그녀의 방 열쇠구멍으로 그녀를 훔쳐볼 때 공주는 분명 눈치를 챘을 것입니다. 여자는 눈치가 빠르기 때문입니다. 공주는 재빨리 눈을 피했을 것입니다. 아무도 그녀가 눈을 돌리는 것을 볼 수 없었을 것입니다. 하지만 그녀는 누군가가 자신을 보고 있다는 것을 알았던 것입니다. 이 점도 나는 분명 확신합니다. 그녀는 어린 소년이 자신의 반지를 발견하리라고 자신했을 것입니다.

그 누구도 이처럼 맛있는 케이크를 만들 수는 없었을 것입니다. 몹시 배가 고팠던 왕자는 게걸스럽게 케이크를 집어삼켰습니다. 하지만 반지까지 삼키지는 않았습니다. 손가락 굵기의 작은 금빛 동그라미에, 아름다운 에메랄드로 장식된 반지를 보자 왕자는 굉장한 기쁨으로 벅찼습니다. 그는 즉시 침대 머리맡에 반지를 놓았습니다. 하지만 그의 아픔은 날이 갈수록 커졌습니다. 유능한 의사들은 모두 하루가 다르게 수척해지는 그를 보며, 위대한 과학으로 볼 때 왕자가 상사병에 걸렸다고 판단했습니다.

이런 병에는 결혼이 적당한 치료제였기 때문에, 사람들은 왕자를 결혼시켜야 한다고 결론지었습니다. 왕자는 사람들이 부탁하는 것을 듣다가 말했습니다.

"저도 좋아요. 대신 이 반지가 꼭 맞는 사람을 제게 주어야 합니다."

이 이상한 요구에 왕과 왕비는 크게 놀랐습니다. 하지만 왕자가 무척 아팠기에 차마 안 된다고 할 수는 없었습니다.

그래서 사람들은 이 반지에 손가락이 꼭 맞는 사람을 찾기 시작했습니다. 하지만 신분이 높은 여자와 결혼해야 했기에 혈통을 고려했습니다. 자신의 손가락을 내어 놓을 준비가 되어 있지 않은 여자도 없었고, 자신의 기회를 다른 사람에게 양보하려는 여자는 더더욱 없었습니다.

그러다 왕자와 결혼하기 위해서는 가느다란 손가락을 가져야 한다는 소문이 돌았습니다. 거리의 약장수들은 이 기회에 손가락을 가늘게 만드는 비법을 안다며 떠들어댔습니다. 어떤 여자는 무의 껍질을 벗기듯 손가락을 도려냈습니다. 어떤 여자는 손가락 한 마디를 잘라냈습니다. 다른 여자는 손가락을 작게 하리라는 생각에 손가락을 짓눌렀습니다. 또 다른 여자는 특수한 물로 손가락 피부를 벗겨냈습니다. 반지에 꼭 맞는 손가락을 갖기 위해, 단 한 사람을 뺀 모든 여자들이 저마다 잔머리를 굴렸습니다.

어린 공주들부터 반지를 끼워보기 시작했습니다. 그리고 후 작의 딸들, 공작의 딸들이 뒤따랐습니다. 하지만 아무리 가느 다란 손가락을 지녔다 해도 반지가 들어가기에는 너무도 굵 었습니다. 뒤이어 백작의 딸들, 남작의 딸들, 그리고 모든 귀 족의 딸이 차례로 손을 내밀었지만 소용없었습니다.

다음으로 서열이 낮은 여인들이 왔습니다. 그 중에는 예쁘 고 가느다란 손가락을 가진 여자들도 있었는데, 가끔씩 반지 에 꼭 맞을 것 같기도 했습니다. 하지만 반지는 여전히 너무 작거나 너무 컸습니다.

마침내 하녀들, 요리사들, 가정부들, 사육사들까지 왔습니 다. 한마디로 모두들 하층민이었습니다. 이들의 검붉은 팔다 리는 귀족들의 우아한 손가락 못지않게 행복한 운명을 간절히 바라고 있었습니다. 많은 소녀들이 왔습니다. 그러나 굵고 통통한 손가락들은 왕자의 반지에 전혀 들어가지 않았습니다. 마치 바늘구멍 안에 밧줄을 끼워 넣으려는 것 같았습니다.

결국 사람들은 모두 끝난 일이라고 생각했습니다. 부엌 한 구석에 처박힌 당나귀 가죽밖에는 여자가 남지 않았기 때문입니다. 사람들은 말했습니다.

"도대체 어떻게 하늘이 그녀에게 승자의 운명을 줄 거라고 생각하겠어?"

그러자 왕자는 대답했습니다.

"안 될 이유가 어디 있습니까? 그녀를 데려오세요."

모두들 웃음을 터뜨리며 큰 소리로 외쳤습니다.

"그 더러운 추녀를 여기에 데려오라고요?"

그러나 당나귀 가죽은 검은 가죽 아래로 상앗빛이 감도는 새하얀 작은 손을 내밀어, 운명의 반지에 정확하게 손가락을 넣었습니다. 왕궁 사람들은 이해할 수 없는 일 앞에서 무척 놀랐습니다.

사람들은 열광하며 그녀를 왕에게 데려가려고 했습니다. 하지만 그녀는 왕 앞에 서기 전에 옷을 갈아입을 시간을 달라고 말했습니다.

그러자 모두들 웃었습니다. 하지만 그녀가 화려한 드레스를 입고 왕궁 앞에 도착해 방을 지나자 사람들의 표정은 바뀌었습니다. 견줄 데 없이 아름다운 드레스, 강렬한 빛줄기를 뿜어내는 다이아몬드 장식을 흩뿌린 사랑스러운 금발 머리, 크고 깊고 부드러운 파란 눈동자. 모든 것이 위엄과 기품으로 가득 차서 그녀를 보는 모든 이들이 기뻐하면서도 모욕감을 느꼈습니다. 게다가 그녀의 허리는 무척 가늘고 여렸기에 그녀의 두 손으로 감쌀 수도 있을 것 같았고, 숭고한 매력까지 느껴지는 그녀의 자태에 왕궁의 부인들은 자신이 두르고 있던 장신구들을 모두 내다 버렸습니다.

왕궁의 군중들이 기쁨과 소란으로 들썩였습니다. 착한 왕은 곧 며느리가 될 이 공주가 정말 많은 매력의 소유자라는 것을 느꼈고, 왕비도 놀라서 얼이 빠졌습니다. 공주의 연인인 왕자의 영혼은 백 가지 환희로 가득 찼고, 그녀의 황홀함에 압도되었습니다.

모두들 즉시 결혼식을 올리기 위해 정신을 차렸습니다. 왕은 주변 나라 왕들을 모두 초대했습니다. 이들은 각종 빛나는 장신구를 두른 채 이 거대한 날을 위해 길을 떠났습니다. 새벽이 밝아옴과 동시에 커다란 코끼리에 올라탄 왕들의 모습이 보였습니다. 모르 강기슭에서 오는 검고 추한 왕들은 어린아이들을 무섭게 하는 장난을 쳤습니다. 마침내 세계 곳곳의 왕들이 도착했고, 궁전은 왕들로 가득했습니다.

하지만 어떤 왕자나 왕도 오늘 신부의 아버지만큼 빛나지 않았습니다. 이전에 딸을 미치도록 사랑했던 이 왕은 이제 영혼을 살랐던 불을 정화시켰습니다. 모든 죄악의 욕망을 털어내고 나서, 그의 영혼에 아주 조금 남아있던 추악한 불꽃은 그의 부성애를 더욱 강하게 만든 것이었습니다. 그는 공주를 보자마자 말했습니다.

"아가, 너를 다시 볼 수 있게 해 주다니 하늘의 은총이 아닐 수 없구나!"

왕은 기쁨의 눈물을 흘리며 상냥하게 딸을 안았습니다. 모두들 이 장면을 보며 관심을 가졌습니다. 곧 남편이 될 왕자는 이렇게도 강한 왕의 사위가 된다는 사실에 기뻤습니다. 그 때 대모가 나타나 왕자에게 이제까지 있었던 모든 일들을 이야기해 주었습니다. 그리고 당나귀 가죽을 영광스럽게 받들며 이야기는 끝이 났습니다.

유럽 아동 문학의 근간,
프랑스의 민담을 이야기로 재구성한 페로 동화

샤를 페로(Charles Perrault)는 1628년에 프랑스 귀족 가문에서 태어나 당시 최고의 교육을 받으며 성장하여 변호사, 설계사, 아카데미의 비서 자리, 관직까지 여러 분야에서 활동했다. 1683년 재정총감이었던 콜베르가 사망하면서 관직을 떠났다. 1691년부터 한 편씩 운문 혹은 산문의 형태로 글을 써 내려가기 시작했고, 67세가 되던 해인 1695년 아카데미 비서직을 잃게 되면서 자식들에게 헌신하기로 다짐하고 본격적으로 동화 집필에 열중했다. 1697년에 출판된《과거 이야기 혹은 역사 : 어미 거위의 이야기》에 〈잠자는 숲 속의 공주〉, 〈빨간 모자〉, 〈푸른 수염〉, 〈고양이 선생, 혹은 장화 신은 고양이(이하 장화 신은 고양이)〉, 〈요정〉, 〈신데렐라, 혹은 작은 유리 구두(이하 신데렐라)〉, 〈도가머리 리케〉, 〈작은 엄지〉 등 총 8편의 짧은 동화와 3편의 운문 동화가 수록되었다. 이 동화들은 지금까지도 끊임없이 여러 분야로 각색되며 사랑받고 있다. 이것이 샤를 페로를 프랑스 문학에 동화라는 장르를 구축한 주요 인물이라고 부르는 이유이다.

1690년대 프랑스는 화려한 것을 좋아하던 루이 14세가 통치하던 시절이었다. 베르사유 궁전도 이때 지어졌고, 수많은 프랑스식 정원들이 생겨났으며 특히 살롱, 즉 '응접실 문화'가 자리 잡기 시작했다. 수많은 귀족들이 응접실에 모여 실내악을 들었고 크고 작은 이야기들도 많이 오갔다. 이전부터 입에서 입으로 전해져 오던 전설이나 동화는 응접실 안에서도 단골 주제였다. 그리고 귀족들이 이것을 하나 둘 글로 출판하기 시작한 것이었다. 그래서 이 시대에 나온 동화들은 대부분 딱딱한 문체가 아니라, 이야기하는 듯한 말투로 전개되었다. 이

보다 약 100년 뒤에 동화들을 다시 수집한 그림 형제의 문체보다도 부드러운 말투였다.

우리나라의 동화들은 거의 권선징악의 구조를 가지고 있다. 하지만 유럽의 동화들은 착한 성격만으로는 해결되지 않는 문제들도 다소 다루고 있다. 첫 장만 펴도 결말이 예상되는 한국의 동화들과는 다르게, 샤를 페로의 동화는 한 장 두 장 책장을 넘길 때마다 변수들이 등장하는 이야기들이 대부분이며 어른들이 읽어도 감탄사가 절로 나오는 순간이 많다.

동화이면서 동화 같지 않은 동화

〈요정〉과 〈신데렐라〉는 동화의 가장 기본적인 주제, 즉 선한 마음은 보상을 받는다는 내용을 담고 있다. 〈도가머리 리케〉는 외모가 아닌 내면을 보아야 한다는 이야기다. 〈장화 신은 고양이〉와 〈작은 엄지〉에서는 무책임한 주변 인물에 의해서 발생한 곤란한 상황들을 주인공이 잔꾀를 부리거나 지혜를 이용해 헤쳐 나가고, 결국 주인공과 주변 인물까지 모두들 행복하게 살게 된다.

하지만 정말 잔인한 순간들도 많다. 〈잠자는 숲 속의 공주〉와 〈작은 엄지〉의 아이들을 잡아먹는 괴물(Ogre)은 유럽 설화의 단골손님이었다. 또한 〈빨간 모자〉에서 주인공 빨간 모자와 할머니까지 잡아먹은 늑대, 〈푸른 수염〉에서 전 부인들의 목을 모조리 잘라 방에 늘어놓은 푸른 수염, 〈작은 엄지〉에서 노력도 하지 않은 채 아이들을 키울 여력이 되지 않는다고 아이들을 버리는 부모까지.

그리고 이들은 가끔 그럴 듯한 사연을 가지고 있기도 하다. 〈잠자는 숲 속의 공주〉에서 여덟 번째 요정은 자기만 초대받지 못했다는 서운함을 가지고 있었고, 〈빨간 모자〉에서 늑대는 며칠 동안 아무것도 먹지 못해 배가 무척 고팠다. 〈작은 엄지〉의 부모는 아이들이 눈앞에서 굶어죽는 것보다야 버리는 게 낫겠다고 생각했다. 〈푸른 수염〉은 분명 시체들이 있는 방을 열지 말라고 했는데도 호기심에 못 이겨 판도라의 상자를 열어버린 부인들의 행동에 화가 났다. 하지만 그렇다면 첫 번째 부인을 왜 죽였는지는 아무도 설명할 수 없다.

위에서도 언급했듯이 〈작은 엄지〉의 작은 엄지는 스스로 지혜롭게 상황을 헤쳐 나갔다. 하지만 대부분 주인공은 너무도 여리고 순수해서 이들과 함께 싸워 줄 조력자가 등장한다.

〈잠자는 숲 속의 공주〉에서 여덟 번째 요정은 일곱 번째 요정이, 시어머니는 그 직속 하인이 막아 주었다. 〈푸른 수염〉에서는 불쌍한 아내의 언니와 오빠들이 그녀를 지켜준다. 〈신데렐라〉나 〈요정〉에서의 착한 막내딸은 그녀를 지켜보던 요정의 도움으로 어머니에게서 벗어나 새로운 삶을 시작한다. 애석하게도 〈빨간 모자〉에는 조력자가 아무도 등장하지 않아 주인공들이 모두 잡아먹혔다.

어찌됐건 동화는 언제 읽어도 비현실적이고 허무맹랑한 요정 이야기다. 세상에서 가장 아름답거나, 세상에서 가장 착한 여주인공을 중심으로 한 이야기들은 가끔 유치해 보이기도 한다. 하지만 이 동화들은 300년이 지난 지금까지도 영화나 연극, 드라마의 소재가 되는가 하면 반박의 대상으로 재해석되기도 한다. 이는 곧 우리가 언제나 마음속 깊은 곳에서 동화 같은 아름다운 멋진 일이 일어나기를 꿈꾸고 있다는 반증일지도 모를 일이다.

〈잠자는 숲 속의 공주〉

공주의 세례에 초대받지 못한 심술궂은 요정이 그 일을 원망하여, 공주가 나중에 자라면 물렛가락에 손을 다쳐 죽을 것이라고 예언한다. 그러나 착한 요정이 나타나 공주가 100년 동안 잠을 자고 난 뒤, 아름다운 왕자가 나타나서 그녀의 눈을 뜨게 하고 결혼하게 된다고 그 예언을 고쳐 놓았다. 이 예언은 마침내 실현된다.

〈잠자는 숲 속의 공주〉는 차이콥스키가 작곡한 같은 이름의 발레(1890 초연)로도 유명하다. 나폴리 출신의 동화 작가 바실레가 1634년에 출간한 동화집 《펜타메로네》의 〈태양, 달, 탈리〉에서 소재를 취했다. 바실레의 동화가 귀족층을 대상으로 부부 간의 충실함과 상속의 문제를 강조한다면, 상류층 부르주아를 염두에 두고 각색한 페로의 동화는 인내의 가치와 여성의 순종을 강조한다.

〈신데렐라〉

신데렐라는 유럽에서 옛날부터 구전되던 대표적인 의붓자식 이야기를 페로가 '상드리용(Cendrillon)'이라는 제목으로 재구성한 것이다. 상드리용은 '재를 뒤집어 쓰다'라는 뜻으로 항상 부엌 아궁이 앞에 앉아 일을 한다고 하여 지은 이름이다. 이야기 속에서 신데렐라는 계모와 이복 언니들의 구박을 받으면서도 그들을 원망하지 않으며 오히려 그 착한 마음씨 덕분에 왕자와 결혼하는 행운을 얻게 된다. 원래 구전되던 원작은 잔인한 장면이 많았다고 하나, 그런 부분은 작가가 많이 삭제하고 결말 또한 두 언니들을 용서하고 좋은 귀족 배우자를 구해 주는 것으로 아름답게 마무리하고 있다.

계모가 등장해 전처의 자식을 구박한다는 구전 동화는 서양은 물론 동양에도 존재하며 우리나라의 고전 소설과도 유사하다. 성공한 남자에게 의존하려는 '신데렐라 콤플렉스', 보잘것없는 환경에 있었던 여성이 하루아침에 신분 상승하거나 유명해지는 현상을 빗댄 '신데렐라 신드롬'과 같은 표현이 지금도 사용되고 있다는 점에서 현대인들도 공감하는 동화이다.

〈장화신은 고양이〉

 방앗간 집 막내에게 남은 유일한 유산은 고양이 한 마리뿐이었다. 막내는 그 고양이의 교묘한 계략으로 아주 돈 많은 귀족처럼 보이게 되어 마침내 왕의 사위가 된다.

 이 작품은 동물이 인간에게 보은을 한다는 이야기로 살아가는 특별한 지혜와 처세술이 필요하다고 이야기하고 있다.

〈작은 엄지〉

 어느 가난한 나무꾼 부부에게 7명의 아이들이 있었다. 가난했던 부부는 이 아이들을 숲 속에 버리고 집으로 도망친다. 하지만 아이들은 명석한 막내 작은 엄지의 기지로 무사히 집으로 돌아온다. 하지만 가난한 부부는 아이들을 더욱 깊은 숲 속에 버리고, 아이들은 다시 집으로 돌아오지 못하고 괴물의 집으로 간다. 괴물은 아이들을 잡아먹으려 하지만 여기서도 작은 엄지의 꾀로 도망쳐 집으로 돌아온다.

 17세기 후반 프랑스에서 여러 차례 발생한 기근에 따른 생활고가 작품의 나무꾼 부부를 통해 나타난다. 요정과 같은 구원자가 등장하지 않는 이 동화에서 해결사 역할을 하는 인물은 제일 어리고 체구도 엄지손가락만큼 작은 막내다. 〈장화 신은 고양이〉의 막내가 고양이 덕분에 공주와 결혼했다면, 작은 엄지는 모든 위기를 스스로 넘겼다.

〈빨간 모자〉

언제나 빨간 모자를 쓰고 있기 때문에 '빨간 모자'라는 별명이 붙은 어린 소녀는 이웃 마을로 할머니 문병을 간다. 케이크와 버터가 든 작은 단지를 들고 길을 가던 도중 늑대 한 마리를 만난다. 순진한 소녀는 정직하게 자기가 가는 곳을 가르쳐 준다. 그러자 늑대는 앞질러 할머니의 집에 가서, 빨간 모자의 할머니를 먹어 치운다. 그리고 노파의 모습을 가장하여 침대에 누워서 기다리다가 소녀가 도착하자 이 소녀마저 잡아먹는다.

1697년에 출간된 페로의 동화집 가운데 〈요정〉과 더불어 사건의 전개가 매우 간략하면서도 비극적으로 종결되는 대표적인 사례다.

〈요정〉

어느 과부에게 두 딸이 있었다. 과부는 첫째 딸과 둘째 딸을 차별했고 둘째 딸은 늘 고된 노동을 했지만, 마음씨가 착하고 부드러우며 성실했다. 어느 날 샘에서 물을 긷던 중 불쌍한 여인에게 물을 떠 주고, 말할 때 마다 입에서 보석이 나오는 선물을 받는다. 이를 알게 된 과부가 첫째 딸 또한 그 샘으로 보냈지만, 첫째 딸은 마음씨가 나빠 말할 때 마다 독사와 두꺼비가 나오는 저주를 받았다. 착한 둘째 딸은 왕자와 결혼했지만, 나쁜 첫째 딸은 숲 속 구석에서 죽게 된다.

〈장화 신은 고양이〉〈신데렐라〉〈작은 엄지〉 등처럼 부모에게 차별받는 자녀의 테마가 다루어진다. 〈신데렐라〉의 여주인공이 계모에게 핍박받는다면, 〈요정〉의 둘째 딸은 기질적인 차이로 인해 친모에게 구박을 받는다.

〈푸른 수염〉

푸른 수염은 아내를 여섯 명이나 얻었으나, 차례로 목을 잘라 죽여 어두운 방 안에 매달아 놓는다. 그러고는 일곱 번째 아내의 호기심을 시험하고자 그녀에게 지하실의 열쇠를 건네주고는 그 방을 열지 말라고 경고한 뒤 여행을 가는 체 했다. 남편이 집을 나가자 젊은 아내는 곧 어두운 방에 들어가 6구의 시체를 보고 놀라고, 그 바람에 떨어뜨린 열쇠는 피투성이가 된다. 푸른 수염이 돌아와 아내가 몰래 지하실에 들어갔다는 것을 알고 죽이겠다고 했고, 하느님에게 기도할 시간만은 기다려 주겠다고 한다. 아내는 자기 방으로 돌아가 언니 앤에게 탑 위로 올라가서 오늘 오기로 한 오빠들이 도착하는 것을 보는 즉시 알려 달라고 부탁한다. 가까스로 형제가 도착하여 푸른 수염을 죽이고, 그의 아내를 구출한다.

〈도가머리 리케〉

어느 왕비가 낳은 리케라는 왕자는 매우 못생기고 추했지만 특출난 지혜를 가지고 태어났다. 리케가 일고여덟 살쯤됐을 때 이웃 왕비가 두 딸을 낳았다. 첫째는 아주 아름다웠지만 백치였고, 둘째는 추했지만 지혜를 가지고 태어났다. 이 두 자매의 단점은 시간이 갈수록 더 도드라졌다. 특히 첫째는 자신이 백치라는 것을 참지 못해 숲 속으로 도망쳤고, 거기서 리케를 만났다. 리케는 자신이 사랑하는 첫째에게 자신의 지혜를 나눠주고, 결국 첫째와 결혼을 하게 된다.

17세기 전반부를 대표하는 극작가인 코르네유의 조카딸이자 작가로도 활동한 여류 문인 베르나르의 단편집에 포함된 이야기에서 영감을 얻어 탄생했다. 왕자로 등장하는 '리케'라는 이름은 노르망디어로 '곱사등이'라는 뜻으로 리케의 흉측한 외모를 강조하기 위해 사용했다.

〈당나귀 가죽〉

어느 나라에 왕과 왕비가 딸 하나를 두고 행복하게 살고 있었는데, 왕비가 병으로 죽으면서 왕은 재혼을 하기 위해 여자를 찾던 중 자신의 딸과 결혼을 하기로 결심한다. 이에 놀란 공주는 요정 대모에게 조언을 구했지만 실패한다.

한편 왕궁에는 아침마다 배설물 대신 금화와 보석을 쏟아내는 당나귀가 있었다. 공주는 왕에게 당나귀 가죽이 가지고 싶다고 말했고, 왕이 당나귀를 죽이고 가죽을 주자 공주는 가죽을 덮어 쓰고 도망쳐 버린다. 이웃 나라의 한 시골 마을에 도착한 공주는 하녀의 생활을 하다 멋진 왕자와 결혼하게 되고, 공주의 아버지인 왕 또한 결혼을 축하해 준다.

이 작품은 원래 운문 형식으로 발표되었고, 후에 단편 소설이라는 문학 장르를 유행시킬 만큼 큰 인기를 얻었다.

최헵시바

1628년 부유한 귀족 가문에서 7남매 중 막내로 태어났다. 당시 최고의 교육을 받으며 변호사가 되었다. 이후 둘째 형 피에르에 의해 변호사를 그만두고 관리가 되었다.

1654년 문학과 그림을 즐기는 친구들을 만나기 시작하면서 글 쓰는 것을 시작했다.

1663년 금석문 문학 아카데미에서 비서로 임명되어 중요한 역할을 담당했다.

1670년 아카데미프랑세즈 회원이 되었다.

1687년   《루이 대왕의 세기》를 썼다.

1691년   동화《그리셀리디》가 출간되었다.

1693년   운문체 동화《세 가지 소원》이 출간되었다.

1694년   운문체 동화《당나귀 가죽》이 출간되었다.

1695년   아카데미 비서직에서 물러났다.

1697년   《과거 이야기 혹은 역사 : 어미 거위의 이야기》에 〈잠
자는 숲 속의 공주〉〈빨간 모자〉〈푸른 수염〉〈고양이 선생, 혹
은 장화 신은 고양이〉〈요정〉〈신데렐라, 혹은 작은 유리 구
두〉〈도가머리 리케〉〈작은 엄지〉 등의 단편 동화 여덟 편과
세 편의 운문체 동화를 포함한 총 열한 편이 수록된 동화집이
출간되었다.

1703년   파리에서 사망했다.

신데렐라
샤를 페로 단편선

옮긴이 최헵시바

한양대학교 프랑스언어문화학과와 문화콘텐츠학과를 졸업했다. 프랑스 문학을 더 잘 해석하고 싶어 문학 작품을 번역하고 있다. 번역서로 알베르 카뮈의 《이방인》이 있다.

신데렐라 샤를 페로 단편선

초판1쇄 펴낸 날 2020년 12월 1일
초판2쇄 펴낸 날 2021년 1월 30일

지 은 이   샤를 페로
옮 긴 이   최헵시바
펴 낸 이   장영재
펴 낸 곳   (주)미르북컴퍼니
자 회 사   더클래식
전   화   02)3141-4421
팩   스   02)3141-4428
등   록   2012년 3월 16일(제313-2012-81호)
주   소   서울시 마포구 성미산로32길 12, 2층 (우 03983)
E-mail   sanhonjinju@naver.com
카   페   cafe.naver.com/mirbookcompany

* (주)미르북컴퍼니는 독자 여러분의 의견에 항상 귀 기울이고 있습니다.
* 파본은 책을 구입하신 서점에서 교환해 드립니다.
* 책값은 뒤표지에 있습니다.

더클래식
세계문학
컬렉션

* 더클래식 세계문학 컬렉션은 계속 출간될 예정입니다.